爱呀，一定要幸福」

无论爱与不爱，只有这辈子

张初◎主编

石油工业出版社

图书在版编目（CIP）数据

爱呀，一定要幸福：无论爱与不爱，只有这辈子/张初主编．北京：石油工业出版社，2014.2
ISBN 978-7-5021-9831-2

Ⅰ．爱…
Ⅱ．张…
Ⅲ．散文集—世界
Ⅳ．I16

中国版本图书馆CIP数据核字（2013）第250206号

爱呀，一定要幸福：无论爱与不爱，只有这辈子

出版发行：石油工业出版社
（北京安定门外安华里2区1号　100011）
网址：www.petropub.com.cn
编辑部：（010）64523558　发行部：（010）64523623
经　　销：全国新华书店
印　　刷：北京晨旭印刷厂

2014年2月第1版　2014年2月第1次印刷
880×1230毫米　开本：1/32　印张：5.5
字数：124千字

定价：26.80元
（如出现印装质量问题，我社发行部负责调换）

有爱的世界，才是幸福

一

再一次把这套书读完时，虽然已是深夜，心里却有一种暖暖的幸福。

从现实走进去，再从文字里出离，恍如隔世，很久没有这么入心地体味故事人情。平时活像一个木偶，被写成代码，放到程序里，每天晨钟暮鼓，按部就班，周遭事物只入眼不过心。

这是人浮于事。就像我们住在一个偌大的城市里，但这个城市并没有走进心里，可能是记住了某天早上的阳光，记住了万千灯火中的一盏。很少能静下心来读读这个世界，看看过去、现在每天的脚本里发生的大事小事，和这个世界好好谈谈，和自己聊聊天。

世界很热闹，我们需要安静，哪怕一天只有一小会儿，用这一小会儿的时间，来沉淀二十四小时里的嘈杂，听听自己想要什么。

常常想，如果有一天，岁月这把“杀猪刀”突然架在脖子上，告诉我们，明天就要离开这个世界，这一天我们最想干点什么?

这个答案或许就是一辈子的刚需，可以是理想，可以是想法，终究是我们想要的。可是真到那天和时光猛然遭遇，生死相逼，又有多少人能静心追问自己真想要什么?

当下流行把生活形容成“无处安放的梦想”“迷茫无助的青春”。在我们眼里，世界似乎无比野蛮，现实总是被侵蚀到很骨感。所以青春的故事多了点忧伤和混乱，理想很遥远，时不时“问候”世界，再“问候”自己。

二

理想这东西，是个可以让人今晚无比亢奋，第二天照样鸡血满满的神奇事物，冷暖自知，谁也无法教会谁找到理想。如同朝某个地方挖个坑，挖他个十年八年，坑深了，水就蓄满了。在这里，我们只想用文字来说事，用故事来温暖那些迷茫中行走的人。

好的故事可以安稳骚动的内心，让世界瞬间静下来。就像我们容易被父母蹒跚的背影感动，容易为有情人劳燕分飞扼腕叹息，也容易为好友的别离泪眼婆娑。这些是最真实的内心，不掺杂假感动或真无情。

人动情的时候，是安静的、清醒的，知道什么是想要的，哪些是需要舍弃的。就像往回倒带十年，我们记住的往往是这样一些人，他们和我们曾经在某一个故事里有过交集，扮演过那个谁也无法替代的角色。阅读往事，就像读他人故事，心生安静。

不妨在迷茫的时候，静静地阅读过去，品味感动的力量。

三

人很纠结，忙着翻旧账，折腾今天，又算计着未来。

我们不知道自己来自何处，去往哪里，但面对书里的故事时，似乎能听到心灵深处的召唤，开始与过去和未来进行一场时空对话，让人的心绪远离烦乱。就像大树的枝叶，纵然风雨来袭，也满是绿意，活得很有底气，那是生命该有的根深叶茂的姿态。

这些流传了百年的文字，岁月沉淀过，自有其芳华。内心杂乱纷争的时候，读一读，当心底泛起涟漪，人就不会麻木，书中的爱会温暖我们，以及周围的人。

其实，活着不光是狠狠爱自己，也要狠狠地爱所有值得我们付出的人和事。有爱的世界，是幸福的。心生安定，事事入心，如一汪浅浅的清泉，骤雨初歇的时候，照见世间万千。

目　录

与

不爱

只　有　这　辈　子

今生今世，许你温暖 / 1

有时，我们需要的只是一个小小的眼神，一次贴心的问候。

九个孩子欢乐的歌声 / 2　谁懂这番良苦用心 / 9

雪夜的眼眸藏美景 / 13　生活闻起来是甜的 / 18

一江春雨润心田 / 25

离别与等待是亲情最常见的姿态，无论是折柳相送，还是执手无言，总有绵绵的春雨入心田。

绵愁的秋雨，绵愁的人 / 26　午后铜板的叮咚声 / 31

这水是盐水还是泪水 / 37　小家伙睡得正甜美 / 45

指尖的忧愁，一生的守候 / 51

就算我们有一天为人父母，年华老去，可在爸妈眼中，我们永远都是长不大的小孩，是那个仍然在玩泥巴的捣蛋鬼，这是他们一辈子不变的挂念。

最美的婚礼 / 52　亲爱的爷爷，我在含泪给您写信 / 59

最珍贵的画像 / 64　善意的谎言 / 68

学监拉波佐 / 73

长成大树，愿为你遮风挡雨 / 81

每一次出远门，行李包里都是整洁的衣物，那是老妈的味道；登上远行的路途，总有老爸的背影，走得再远，不曾改变。

四个月来，没有美梦 / 82　母亲，放心养病吧 / 88

铃兰花开 / 93　再辛苦我们也不怕 / 98

父母最煎熬的一夜 / 101

相聚是最美的幸福 / 111

没法和亲人共度时光的理由有千万种，遗憾却只有一样，那就是失去了，再也没有机会。光阴的故事，最美是一起看夕阳西下，岁月无涯。

和舅舅在一起的时光 / 112　奶奶，我是爱您的 / 118

最幸福的一天 / 124　倔老头，寂寞如昨日 / 129

慢些，莫要人远去 / 137

时间再慢些，再慢些，切莫着急爬上父辈的发丝，染成雪色；

不要刻在母亲的额头，划出深深的皱纹。

爷爷的毡靴 / 138　儿子的遗赠 / 141

婶婶的梦未曾枯萎 / 145　母亲走了，儿速回 / 151

在光阴的角落里默默坚守 / 159

无论

爱

与

不爱

只 有 这 辈 子

今生今世，许你温暖

有时，我们需要的只是一个小小的眼神，一次贴心的问候。

九个孩子欢乐的歌声

【匈牙利】**约卡伊·莫尔**

才几遍，聪明的孩子们就掌握了曲调，年纪小的孩子尽管不能完整唱完，但在哥哥姐姐的带领下，也不会唱跑调。

从前，有一对恩爱的夫妻，他们居住在佩斯城，丈夫是一名出色的鞋匠，叫亚鲁斯，年轻的小伙子每天辛勤工作，希望能让自己的家人过上幸福的生活，但让他愁眉不展的是，妻子每年都会给他带来一个宝贝，家里的生活也因此日渐拮据。

更让生活雪上添霜的是，妻子在生完第九个孩子后就与世长辞了。从此，鞋匠只能独立承担起抚养这九个小孩的责任。生活虽然艰辛，但让鞋匠感到欣慰的是，小孩们不仅身体健康，而且乖巧懂事。

在几个小孩当中，有三个已经上学，还有几个刚学会走路，剩下的两个小孩才刚刚学会说话。鞋匠只能既当爹，又当妈，一天除了帮人做鞋的本职工作外，还得给孩子穿衣、喂饭。好在年纪稍大的几个小孩可以帮他干一些力所能及的事，也稍稍减轻他的负担。

圣诞节那天，鞋匠忙到很晚，他从早上不停地帮别人做鞋，做好鞋后，又马不停蹄地给客人送去，客人们会额外奖励一些糖果给他。到了晚上，鞋匠终于忙完手中的活，他长长地舒了一口气，收拾好东西，打算赶快回家去和孩子们团聚。

在路上，他想着是否要给孩子们送上圣诞礼物，如果每个孩子都要买的话，那将是一笔不小的开支，像他这样的家庭根本承受不起。可是只给一个孩子买的话，又会让其他孩子嫉妒，引发争斗。

正在两难之际，他突然灵光一现，决定送一份特殊的礼物给孩子们，这份礼物所有孩子都有份，还能让他们都开心。

亚鲁斯回到家，把还在干活的孩子都叫到身边，告诉他们今天是圣诞节，可以好好休息一下，孩子们高兴得又蹦又跳，他把从客人那里得来的糖果分给了孩子们，又故作神秘地对孩子们说："今天我要送给大家一件神秘的圣诞礼物，大家想不想要?"

孩子们瞪大圆圆的眼睛，好奇地打量着两手空空的父亲，片刻后，他们都异口同声地叫道："快把礼物给我们吧!"

“孩子们！别吵了!”鞋匠说道，“今天我要送给大家的圣诞礼物是一首优美动听的歌，这首歌的名字叫《祝福圣基督的诞辰》。”

亚鲁斯抱起两个最小的孩子坐在床边，其余的孩子纷纷围在鞋匠身边，准备倾听这首优美的曲子。鞋匠表情严肃，他看着孩子们说道:“大家安静，现在跟着我唱!”说完，他就虔诚地唱起了这首动听的歌曲。

孩子们听着父亲婉转的曲调，也跟着认真唱了起来，优美的童声与浑厚的男低音融合在一起，如同天籁一般。才几遍，聪明的孩子们就掌握了曲调，年纪小的孩子尽管不能完整唱完，但在哥哥姐姐的带领下，也不会唱跑调。

刚学会音调，孩子们都表现得异常兴奋，他们紧接着又唱了几遍，鞋匠一边随声哼着，一边指出其中的不足。最终，孩子们都学会了这首歌，他们和鞋匠整齐地一遍接一遍唱着，每唱完一遍，都会发出一阵欢快的笑声，他们的歌声就如同树林里黄莺的声音一般，婉转动听。恐怕天使听见也会为之动容。

然而楼上的邻居却不这么想，这位邻居是一个富裕的老爷，一个人守着一所大房子，其中空着八九间屋子，为了显示房屋主人这一身份，他常常在一个房间静坐、一个房间吸烟、一个房间睡觉、一个房间吃饭……至于其他房间的用途只怕他自己也记不清。

现在，富人正一个人静静地躺在其中一个房间，他在思考着为什么自己拥有如此多的财富却感受不到一点快乐，吃的是丰盛的佳肴，却感觉索然无味，住的是宽敞的房子，却让人烦闷窒息。

楼下欢快的歌声很快飘进了富人的窗户，富人心情没有好转，反而变得更糟，听着这一遍接一遍的歌声，富人又惊又气，他不明白为什么楼下整日操劳的穷鬼会比自己快乐，好奇心驱使他去看个究竟。

他循着歌声来到了鞋匠家，这时孩子们一遍正好唱完，他们正开心地笑着。鞋匠看见富人进门，急忙放下怀中的孩子，恭恭敬敬地走到富人跟前，抬头诚恳地望着富人说道："尊贵的老爷，很高兴能见到您！请问我能为您做些什么？"

富人傲慢地说道："你就是那个鞋匠，亚鲁斯吧！"

"是的，老爷，您需要做鞋吗？"亚鲁斯依旧真诚地看着富人。

"我来并非为了做鞋，只是想来看看你的这群孩子。"富人答道。

亚鲁斯一脸狐疑，他和这位邻居不曾有过交往，他也从来没有来看过他和孩子们，有时在街上遇见，富人都会远远避开，今天怎么会突然跑来呢？但他依然热情地说："多谢老爷关心，我和我的孩子身体都很健康！"

富人用眼睛瞟了瞟孩子，继续说道："想不到老天如此眷顾你，赐给你这么多孩子！"

鞋匠自嘲道："孩子多，吃饭的嘴就多呀！"

富人用一种讽刺的语气说道："我看唱歌的嘴更多吧！"

鞋匠一下子不知道该说什么是好。

富人接着说道："今天我来有一件事要跟你商量，这对于你来说，可是天大的好事，我想从你这儿领养一个孩子，一来可以排遣我的寂寞；二来还可以帮你减轻负担，我会把他当亲生孩子来抚养，他将来会成为一位有钱的小老爷，说不定到时还可以救济一下他的这些兄弟姐妹。"

听完富人的话，亚鲁斯惊诧万分，看着这些聪明伶俐的孩子，个个都是自己的心头肉，他一时真不知道该怎么抉择。

富人要的是一个男孩，在他的所有儿子中，有两个都还很小，富人连自己都照顾不好，真不敢指望他能照养好他们；稍大一点的是贝利卡，他是妻子生前最疼爱的儿子，如果将他送给富翁，可怜的妻子在地下也不会安息；小弗伦茨是除了自己，家中最能干活的孩子，少了他，家里肯定一团糟；小赛德尔是所有兄弟姐妹中最能读书的，他的将来注定前途无限；亚鲁斯卡已经依照我的姓施了洗礼，自然不可以送给别人；还剩最小的幼沙，他长得和妻子十分相似，就像妻子的影子一样陪伴在我们身边。

鞋匠挣扎了很久，依然做不出决定，他决定由孩子们自己做主，他痛苦地对孩子们说："有谁愿意去做富裕的小老爷，坐漂亮的小马车，就跟眼前的这位老爷走吧。"孩子们看着为难的父亲，都害怕地躲在了他身后，紧紧抓住他的手，一步也不离开。

鞋匠欣慰地说道："尊敬的老爷，我不能舍弃我的任何一个孩子，你可以拿走我的一切，但你绝对不能带走我的小孩，尽管现在生活窘迫，但我们在一起过得很开心。”

富人见他态度坚决，只好作罢。他不明白眼前这个穷人为什么会拒绝他。为了挽回一些颜面，他对亚鲁斯说：“我给你 1000 元，别再让你的孩子唱让我心烦的歌了。”

富人一把将钱扔到桌上，头也不回地上楼去了。只留下惊呆的鞋匠立在原地。1000 元，对这个家庭来说，无疑是一笔天文数字，鞋匠小心翼翼地把钱装进了箱子，然后坐在一旁默默缝起了靴子。

这时，一个小家伙跑到父亲身边，让父亲再教一遍刚才的歌，鞋匠大声训斥道：“不准再唱了！”小家伙见父亲生气，畏缩地退了回来，家里的气氛一下子像被冻结了一样，孩子们都静静端坐着，鞋匠沉默地缝着鞋。

鞋匠不停地缝着，削着，不知不觉他又哼起了那首歌，他赶紧抑制住唱下去的冲动。过了好久，他终于忍受不了这种气氛，心里就像千斤巨石压着喘不过气来，他一脚踢开木箱，取出钱，直奔富人家。

富人打开门，鞋匠把钱扔回富人手里，高声说道：“我们不要你的钱，因为你的钱买不到我们的快乐！”说完便转身跑回了家里。

悠扬的歌声再次响起，孩子们的欢声笑语此起彼伏！郁闷的富人此刻正在他那九个房间里来回不停地走着，思索着，他始终不明白别人究竟找到了什么乐趣。

微点评

幸福其实很简单，一是睡在自家的床上，二是吃父母做的饭菜，三是听爱人给你说情话，四是跟孩子做游戏。不论贫富，没有贵贱，歌声响起，便是乐趣。

谁懂这番良苦用心

【秘鲁】里卡多·帕尔玛

虽然我在世人面前失去了珍贵的名誉，希望你们体会我的用心，他会明白我做的一切都是为了你们不会称为死刑犯的孩子。

我们这个故事的女主人公琳娜，是利马的一位名门闺秀，她的曾祖父曾跟随王室开疆拓土，深受王室恩宠，不但在水土肥沃的地方分得了大片土地，还获准使用“堂”的尊称，获得了无上光荣的骑士称号。1604 年，这位已近百岁的征服者告别了一世的荣耀，离开人间，将一笔可观的财产留给了后代。琳娜的祖父和父亲不负众望，在遗产的基础上又创造了大笔的财富，城内人无不心生羡慕。

琳娜年轻又温柔美丽，与总督蒙科瓦伯爵的千金有着深厚的友情，她也因此常常出入于宫廷之中，与伯爵千金一起赏景游玩。不幸的是，琳娜在二十多岁时失去了所有的亲人，被托付给一位监护人。随后，她继承了这笔偌大的财产，更加成为了王城内各家公子倾慕和追求的对象。然而，这位年轻貌美的小姐已有了意中人，那便是她在宫里结识的相貌英俊、气宇轩昂的卫队长德贝卡拉。

他是一名西班牙士兵，跟随总督蒙科瓦伯爵来到这里，不过他似乎不像琳娜想象的完美。他以前在墨西哥的时候就常常引发争斗，沉迷赌博，还整天周旋于女人中间，乐此不疲，完全是个花花公子。好在慈爱的总督总是把他当作自己的孩子一般宠爱，从来没有放弃过让他改邪归正的努力，总督还常常说："俗话说，人结了婚就会有脱胎换骨的变化。"他想亲自在这里为德贝卡拉娶个端庄娴静的妻子。

没想到，卫队长早已在宫里利用一切机会接近琳娜，向她倾诉自己的爱慕之情，又频频献媚，想要得到小姐的垂青。久而久之，琳娜也渐渐被年轻出众的卫队长所吸引，心里萌生出甜蜜的爱意。她将这种感情小心地隐藏在心底，不敢向周围的人言说，不过听到有人劝她嫁给卫队长，也有些隐隐的欢喜。后来总督大人亲自出面做媒，琳娜便心满意足地与德贝卡拉成就了一段姻缘。

时间平静地流淌着，婚后的五年，两人都沉浸在甜蜜的爱情和美满的婚姻生活中，德贝卡拉完全告别了过去那种放荡的生活，一心一意地守候在妻子和儿女身边，享受着家庭的幸福。

可是，一次偶然却打破了这种宁静的生活。那一天，德贝卡拉陪妻子去参加一个普通的家庭聚会，不料会上有很多人聚在一起打牌和掷骰子。眼看着那热闹的场面，好赌的习性就像烈火一般在他心里复燃了，本想浅尝辄止，结果却一发不可收拾，一个晚上就输掉了两万比索。从此以后，德贝卡拉的生活彻底改变了，他一心想要“翻本”，却越输越多，甚至不得不偷走家里的钱去还赌债。琳娜眼看着丈夫一步步跌进赌博的深渊，想了种种办法，又是哭泣哀求，又是好言相劝，却还是没能奏效。

赌友中有一位侯爵，命运似乎总是眷顾他，德贝卡拉越发不甘心，偏要赢了他才肯罢休。为此，德贝卡拉经常把他带到家里吃饭，之后就在房间里赌到一方“倾家荡产”。

一个晚上，德贝卡拉又输了一大笔钱，再拿不出什么值钱的东西作赌注了，大概是鬼迷心窍，他进房间叫醒了熟睡的妻子，向她要那只价值连城的订婚戒指，还骗她说，只是拿去给朋友看看而已，可怜的琳娜就这样轻易地相信了丈夫。结果，无情的厄运再一次袭击了他们，才过了几分钟，戒指已经戴在赢家侯爵手上。

德贝卡拉气得浑身发抖，脸色通红，他不知该如何面对妻子，回头望向琳娜的卧室，透过玻璃门正看见她跪在圣像前哭泣。突然，他心里的感情猛地一下子爆发了，他像野兽一样扑向侯爵，用匕首在侯爵背后刺了三刀。惊恐万分的侯爵逃向卧室，最终倒在琳娜床前。

四个月后，法庭经过审理，判决德贝卡拉死刑。

伤心欲绝的琳娜无时无刻不在想办法救出她的丈夫，希望至少免除死罪，然而时间丝毫不肯停下它的脚步，死刑的日期就这么一天一天地临近了。

就在行刑日当天。琳娜决定做一次忘我的牺牲来拯救丈夫和家庭，她身穿丧服，闯进宫中。正在商讨的总督和法官们吃了一惊，她却没有丝毫的怯懦，脸色坚定，说："德贝卡拉杀死侯爵是合法的。因为丈夫发现侯爵与自己通奸，冲动之下，用匕首刺死侯爵。"

许多细节都提供了支持的证据，比如说侯爵的确经常来往于琳娜的家，尸体是在床脚下，就连爱情的信物戒指也戴在侯爵的手上。因此，经过一番勘察，总督相信了她的招供，下令暂停刑罚。

当法官走进监狱，让德贝卡拉确认妻子的供词时，才念到一半，德贝卡拉就发出一阵大笑，令人听了毛骨悚然，原来，他已经疯了！

几年后，琳娜病危。琳娜的四个子女都跪在地上，聆听母亲临终的话语。直到此时，她才将真相告诉了他们："如果你们的父亲不幸成为死刑犯，那么，你们一辈子都逃不过这巨大的阴影。虽然我在世人面前失去了珍贵的名誉，希望你们体会我的用心，我做的一切都是为了你们不会成为死刑犯的孩子。"

微点评

得需要多大的勇气，才能让一个女人自毁名誉？即使她的名字叫母亲，让她用一辈子去保守这个秘密，该有多残忍？从当母亲的那一刻开始，也许就意味着无私的奉献，直到老去。趁着她健在，像爱你未来的伴侣一样，去爱你的母亲。

雪夜的眼眸藏美景

【日本】**太宰治**

在那下雪的夜里，我突然想到这故事，决定试着在眼睛底下留下美丽的雪景，把它带回家，告诉嫂嫂。

我家祖上都是东京人，但在我和哥哥还没出世的时候，父母就搬到了外地。父亲去世后，母亲带着我们回到了东京。母亲过世后，我便和哥哥、嫂子生活在一起。

哥哥大我二十岁，性格很古怪。他是个作家，现在已经四十多岁了，不过还没取得什么成绩，因此家里过得并不好。哥哥从来不在自己身上找原因，总是嚷嚷着没有赶上好时候，没有人赏识他。他自己没什么成就，还看不起那些取得成就的人；除了每天发牢骚，什么家务活也不干。嫂子默默地揽下了所有的体力活，看着她每日奔波劳碌，我满腔义愤：

“哥哥，你看别人家的男人都会帮自己的妻子干活，偶尔买个菜也可以啊！”

“混蛋！你哥哥我有那么卑贱吗？”

骂完我，他转脸朝着嫂子说道：“桔子，我要你知道，即使家里一粒米也不剩了，我也不会出去买的，我不会那么厚颜无耻，我要维护我的尊严！”

这是在为自己的懒惰找借口吗？我不知道。

嫂子是一位很有涵养的女士，就连吃饭的时候都从容优雅，举手投足间就像是富贵人家的小姐。而且，她是连碰都不碰零食的。嫂子就要临盆了，估计是在夏天。她自从怀孕后，就总觉得饿得慌。是呀，吃进去的东西都被肚子里的小家伙抢去了，她应该吃两个人的饭才对。

一天晚饭后，我帮着她收拾碗筷，她悄悄和我说：“最近好丢人哦，嘴总是很馋，想吃平日里吃不到的东西，特别是鱿鱼干。”说完，她深深地叹了一口气。

是啊，我们乡下也没什么亲戚，哥哥和周围邻居的关系也不好，从来没人给我们送些平日里吃不到的东西。这事儿一直在我的脑海中徘徊，挥之不去。

过了一段时间，我到姑姑家送东西，她刚好给了我两包鱿鱼干，我兴奋极了，准备带回去给嫂子吃。下了公交车，天已经黑了，车站离我家还有一段距离。雪花已经洋洋洒洒地飘了一整天，这会儿积雪已经没过我的膝盖了。不过，我穿着长靴，加上心情也格外好，想到嫂子能够吃到她日思夜想的鱿鱼干，我开心得又蹦又跳，像个小孩子一样专门挑雪深的地方走。

乐极生悲，一点也没错。快到家的时候，我忽然发现夹在胳膊下面的鱿鱼干不见了。我从来没丢过什么，今天却把这么重要的东西弄掉了，我一个劲地在心里骂自己没用。那一刻，我的心和地上的雪温度相差无几。

我赶紧掉头回去找，雪一直没有停，在这皑皑白雪中寻找装鱿鱼干的白色纸袋和瞎子摸象有什么区别？我猫着腰，一直找到车站，连个鬼影都没发现。

长叹一声，我抬头望望天。漫天的雪花你追我赶，就像是一个个随风舞动的精灵，挑逗一下树枝，又或者亲吻一下树叶。这冰清玉洁的世界就像童话一样，鱿鱼干被我抛到了脑后。如果，把这雪景送给嫂子，会不会更好？

人可以把美丽的景色收藏在眼睛里，这是哥哥告诉我的。当时，他给我讲了一个丹麦的故事，我觉得那是他给我讲过的最美好最浪漫的故事。

丹麦的一个船员出海遇到了暴风雨，海浪把他卷到了灯塔的窗户旁，他死死地抓住灯塔，想要大喊救命。这时，他看见守护灯塔的人正和家人吃团圆饭。船员不忍心打扰他们温馨的晚餐，走神的功夫，他没有抓紧灯塔。海浪袭来，他又被卷进了海里。后来，人们在海滩上发现了船员的尸体，医生用专业的用具检查时，发现他的眼睛里还映着守护灯塔一家人团聚的场景。

我不知道这个故事有没有科学依据，但我宁愿相信这是真实的。不是还有一个说法吗？怀孕的时候多看看漂亮的人，生出来的宝宝也会很漂亮。嫂子相信这个，哥哥也认为这是很重要的胎教。于是哥哥选了两个漂亮的女明星贴在墙上，真是赏心悦目！不过，照片中间还夹着一张，是哥哥自己愁眉苦脸的照片。

自从贴上了哥哥的照片，性格温和的嫂子整日吵着胸闷气短，她是担心看的时间长了会生出个尖嘴猴腮的怪娃娃。为了肚子里的宝宝，嫂子希望能看到更多美丽的事物。所以我决定，把这一刻美丽的雪景收藏在眼睛里带回去，嫂嫂应该会比见到鱿鱼干更开心吧。

一路上，我不再寻找鱿鱼干，而是眺望远处，希望把童话般的美景尽收眼底。一回到家，我就窜到嫂子的跟前，让她看我的眼睛。

嫂子被我弄得莫名其妙，一头雾水地望着我："眼睛不舒服吗？"

"不是，哥哥说过，眼睛会收藏美丽的景色，我给你带回来了，你快看！"

"你哥哥的话你也信，那都是假的。"

"我相信那是真的，我给你收藏了外面冰清玉洁的世界，你看我的眼睛，生出的宝宝一定又白又漂亮！"

哥哥懒懒的声音从另一个房间传过来："那还不如看我的眼睛呢！"

"哼！还说呢，看了你的照片，嫂子一直胸闷气短！"

"我的眼睛可比你多收藏了二十年的美景呢，比今天这雪景美上百倍的景色我不知见过多少。我眼睛里的景色才够上档次哦！"

我很生气，却不知道该怎么反驳他。

嫂子微微一笑，说道：

"哥哥的眼睛里确实有更多的美景，当然，也就有更多污秽的东西啊！"

我一下子活过来了，"没错，所以哥哥的眼睛才越来越浑浊！"

哥哥没词了，没趣地走开。我和嫂子笑成了一团。

微点评

眼睛里的美景和雪地的鱿鱼，在嫂嫂看来都是一样的，是小叔子的一片心。父母不在，长兄为父，长嫂如母。所以，这更像儿子给母亲的礼物。调皮、浪漫又充满敬意。

生活闻起来是甜的

【澳大利亚】**劳森**

他抬头看母亲，见她满眼泪水，上前就搂着她的脖子说道：“妈妈，我长大后要一直陪在你身边，绝不离开你！”

一望无际的丛林之中，矗立着一座房子，房子的面积不大，也很简陋，都是用木头及树干搭建的，就连地上铺的都是碎木板。这座房子的主人原是牧场场主，由于牧场陷入危机，他就成了赶羊人。赶羊人赶着羊群出门去了，家里只剩下老婆孩子。

孩子们正在门外玩耍，虽然他们穿得很破，但并不能影响玩的兴致。突然，一个孩子大声叫了起来：“妈妈，蛇！我看见蛇了！”赶羊人的妻子听见叫声，急忙从厨房里跑出来，抱起她的小娃娃，顺手操起木棍。“蛇在哪里？”大儿子嚷道：“钻进柴堆了，妈妈，你别管，让我来抓它。”女人冲他喊道：“汤姆，快过来，不然你该挨咬了。”

男孩拿着木棍，不情愿地走到女人身边，忽然他眼角瞥到一条影子，得意洋洋地嚷道：“它在房子底下。”他举起木棍冲过去，就连一直看热闹的大黄狗都挣断铁链，朝蛇扑了过去。不过，他们还是慢了半拍，蛇已经完全缩到房子底下。孩子们好不容易拉住对着地板咆哮的大黄狗，重新给它套上锁链。女人在墙边摆了一碗牛奶，引蛇出来，孩子们则躲在狗窝旁边。过了很久，都不见蛇的踪影。

暴风雨就要来了，卧室肯定不能待，都是碎木板，蛇随时都有可能钻上来。厨房是土地，蛇钻不进来，女人让孩子们待在厨房，她们吃过晚饭，女人跑进卧室拿出一套被褥和几个枕头，让孩子们睡在桌子上，自己则坐在旁边守夜，身边放着一根木棍，大黄狗在她的脚下趴着。汤姆一脸不高兴地上了床，嘴里嘟囔着一定要把蛇抓到。

女人喊道：“让你睡觉，哪那么多废话！”这时吉米抗议起来，“妈妈快点叫汤姆拿开木棍，硌死我了！”汤姆对他吼道：“闭上你的嘴！是不是想让蛇咬你，告诉你，你要是被蛇咬了，会变得很可怕的。”女人说道：“快点睡吧，别在这吓唬人。”

没过一会儿，两个小的就睡着了，两个大的时不时还说几句话。无外乎蛇出来了，我一定要抓住他。女人无奈只得哄着他们快点睡觉。到了半夜，孩子们都已熟睡，只有女人还坐在那里，偶尔看看书，仔细听着各种声音。

外面的风呼呼地刮着，蜡烛差点被吹灭，女人只好把蜡烛挪到一个避风的地方。大黄狗眼睛一直盯着墙板，随时做好战斗的准备。女人并不是胆小鬼，只是丈夫半年都没有消息，让她很担心。

她和丈夫结婚时，丈夫是牧场场主。一场旱灾把他的一切都给毁了，他不得不卖掉剩下的羊群，替人赶羊。家里就剩下两头牛和几只羊。他有一个兄弟，住在不远的村子，在他外出期间，兄弟都会给他家送来粮食，再宰一头羊，留出她所需要的肉，把剩下的再拿去换粮食。丈夫常年不在家，她已经习惯一个人生活。

年轻时，她也幻想过富丽堂皇的日子，但少女的幻想早已破灭。现在的她只能从书中寻求一点慰藉。她丈夫是一个好男人，以前他们有钱的时候，丈夫曾带她到城里玩过几次，吃的住的都是最好的，只要她喜欢的东西，丈夫都会买给她。现在也是如此，他每次外出带回来的钱，大部分都交给她。一句话，只要他有钱，就会让她过着公主般的生活。

她就这样想着，火炉已经烧得不旺了。大黄狗还是两眼盯着墙，它并不是一条好看的狗，可胆子很大，不论什么生物都不怕，它痛恨一切动物，就连主人家的亲戚朋友它也讨厌。它咬死过不少蛇，最不喜欢的就是蛇。女人时不时放下手中的活，仔细观察屋子，聆听每一个细小的声音，偶尔也会陷入沉思。

外面的雨越下越大。她想起了往事：有一次丈夫外出，她和洪水作战。为了保护小河上的水闸，她在大雨中一连几个小时挖一条排水沟。结果她失败了，有些事情不是一个女人能解决的。她想到丈夫回来看见水闸被冲坏了，心里该多么难过，顿时哭了起来。

她还想起另一件事情——和大火搏斗的事。她穿着一条破裤子，用枝条跟野火对抗，浓烟熏得全身都是黑的，豆珠大的汗水从额头流下，大儿子汤姆看见她这个样子，笑个不停，最小的孩子却吓得半死，一直吵着要“妈妈”，多亏几位好心人及时赶到，不然她就要葬身火海。当时现场一片混乱，她得救后赶忙去抱孩子，但孩子以为她不是妈妈，又哭又叫。大黄狗听见孩子哭叫，不分青红皂白，上去就一口咬住她的大腿，直到汤姆用皮带把它拉开为止。大黄狗一直对这事感到愧疚。这一天，真是难忘，值得每个人回忆。

她的胆子不大，但遇到事情总会拼命应对。有一次，一头疯牛把她们困在屋里一整天。她拿起旧猎枪，从墙板的裂缝向它射击。牛被打死了，她把皮剥下来卖了钱。偷小鸡的老鸦她也不怕，她会用自己的方法来对付这些偷窃者。每当老鸦来偷鸡，她就拿着猎枪瞄准，嘴里喊着“砰!”，老鸦就被吓跑了。

就在上个星期，有个无业游民知道她家没有男人后，就大摇大摆地向她要吃要喝。她没办法只好给他一些吃的，后来他提出过分的要求，要在她家过夜。她忍无可忍，一把抓起棍子，牵着大黄狗，冲着无业游民吼道：“你给我滚出去！不然对你不客气！”这人看见大黄狗目露凶光，只好灰溜溜地走了。

她孤零零地坐在火堆旁，脑袋不停地回忆着，这里的生活每天都一个样，有什么好回忆的！不过，每周日她都会带着孩子去散步，穿上最好看的衣服沿着丛林小路走。这个习惯一直都没改变，每次都像在城里逛街似的。不过这里毕竟不是城里，除了丛林什么都没有，这种单调的生活，让人无时无刻想要离开。

但女人已经过惯了这种日子，让她离开，反而不习惯。她很爱孩子，但都没有机会表现出来，处在这种环境中，她在孩子们面前总要表现出严厉坚强的一面。

得再去拿些柴火来，蜡烛都快燃尽了，可不能再让火堆灭了。这时，雨已经停了，她把狗关在屋里，急忙朝着柴堆跑去，抽出几根劈柴，柴堆哗啦一声就倒了，她愣了。

这些柴火是一个黑人昨天刚送过来的，在他垛柴堆时，她离开一段时间去外面找母牛，黑人趁着这段时间，把柴堆垛成好大一堆。待她回来验收时，很高兴便多给了他一些稻草，嘴里还一直不停地夸他勤快能干。黑人倒也不客气，走时还摆出一副高傲的模样。女人根本就不知道那其实是个空心柴堆。当她看到柴堆倒塌，惊愣不已。重新坐到桌旁时，她眼里布满了泪水。她拿出手帕擦泪，没想到碰到眼睛的却是手指头，这一举动让她失声笑了起来。

屋里生了火，十分闷热，这时天也快亮了。大黄狗仍旧时不时地看着墙，突然，它朝隔墙爬了几步，身体立即做出战斗的姿态。女人知道怎么回事，立刻拿起棍子。一条黑蛇爬了出来，眼睛探路似的看着前方，想必是看看有没有危险，头还时不时上下摆动，让人看了就很生气。女人举起木棍向蛇打去，它突然意识到危险，立刻把头钻进另一条裂缝。这时，大黄狗瞅准时机，一口咬住它的喉咙，顺势往外拖，这蛇足足有一米长。无奈狗咬着喉咙，它想反扑也没有办法。

战斗的声音太大了，惊醒了睡梦中的大儿子，他拿起棍子就想下床，可女人拦了下来，自己跟蛇作战，她对准蛇头就是一下，只听砰！砰！几声后，蛇的头就被打碎。女人用棍子把血肉模糊的蛇挑起来扔到火里，又向火堆加了些柴，坐在旁边。儿子和狗看着火堆烧蛇。她轻轻抚摸狗的脑袋，危机已经被消灭，孩子们可以放心地睡觉了。

大儿子一直在那里看火。过了好一会儿，他抬头看母亲，见她满眼泪水，上前就搂着她的脖子说："妈妈，我长大后要一直陪在你身边，绝不离开你！"女人听了很欣慰，把孩子紧紧搂在怀里，他们就这样紧挨着坐在一起，直到太阳从东方升起。

微点评

贫穷的生活不全是离乱和悲哀，还有孩子抱着母亲的点滴欣慰。精神的力量可以让生命坚挺，亲情的力量可以让伤口愈合、温暖起来。

无论

爱

与

不爱

只 有 这 辈 子

一江春雨润心田

离别与等待是亲情最常见的姿态，无论是折柳相送，还是执手无言，总有绵绵的春雨入心田。

绵愁的秋雨，绵愁的人

【美国】**霍桑**

等妹妹的情绪慢慢平复下来，夜已经深了，姐妹两个各自回到自己的房间，她们敞开门，让彼此都能够看到对方。

绵绵的秋雨淅淅沥沥，朦胧的水汽笼罩着整个海港小镇。在一个普通的二层小楼里，贝壳风铃叮叮作响，原本悦耳的风铃声此刻却搅得人心烦意乱。两个貌美年轻的女人相对围坐在火炉前，心情一如这绵愁的秋雨。

其中一个女人缓缓起身去了厨房，没有心情做精致的晚餐，只端来了些简单的饭菜。她摆好饭菜，握着另一个女人的手说：

“弟妹，来吃点东西吧，你一天没吃饭了，这样身体可撑不住。”她试图把妹妹拉起来，“亲爱的，我们一起祈祷，感谢老天赐给我们食物。”

刚刚还在抽泣的妹妹又大哭起来。“我再也不要祈祷了，我哪还有这个福气，我希望从此再吃不进一粒饭！”说完这些话，妹妹被自己说出的这些忤逆的诅咒吓了一跳，哭泣和害怕让她浑身瑟瑟发抖。

姐姐也跟着抹眼泪，她蹲下身来，用手抚摸着妹妹瘦小的脊背，哽咽道：“姐姐我又何尝不难受？这世界上还有什么比新婚就失去丈夫更悲痛的事情吗？”

这是两个来自不同家庭的女子，不久前嫁给一对亲兄弟，她们情同姐妹。住在这港口小城，兄弟俩的工作自然离不开大海，不想大海养育了这里的人们，也给他们带来了灾难。哥哥出海丧生在暴风雨中的消息刚刚传来，祸不单行，又传来参加海战的弟弟殉难的噩耗。姐妹两个相继从俏新娘变成了新寡妇。

兄弟俩遭难的消息很快就传遍了这个小镇，人们纷纷赶来吊丧，慰问这对苦命的女人。天色渐晚，人们又哀叹着离去，明天的生活对她们来说并没有什么不同。离开前，还要说上几句“节哀顺变”这样安慰的话，有的人煽情些，惹得姐妹俩泪如雨下。

姐妹俩很感恩这些人前来看望，但人们又怎能体会这一刻她们的痛苦呢？她们只希望吊丧的人们早些离去，好让彼此相互抚慰内心的伤痛。夜色如墨，奔丧的人们终于离开了，姐妹俩相拥而泣。

姐姐是个性格温和的人，她挣扎着从痛苦中走出来，捧着妹妹的脸说："生死自有天命，我们的生活还得继续，对吗?"

等妹妹的情绪慢慢平复下来，夜已经深了，姐妹两个各自回到自己的房间，她们敞开门，让彼此都能够看到对方。

姐姐在痛苦中慢慢睡去，在梦中，她忘却了悲伤，被快乐紧紧围绕，在最开心的时候突然惊醒了，原来只是一场梦。看外面泛青的天色，应该已经早晨了吧。真想就这样一直睡下去，永远不醒来。突然外面一阵急促的敲门声传来，姐姐翻了个身继续睡去，真不想醒来面对这个残忍的世界。敲门声丝毫不气馁，焦急地吵闹着。突然想到妹妹可能会被吵醒，姐姐猛地坐起来，披上衣服去开门。

暴风雨后的世界，一片被摧残的景象，树木浑身都湿漉漉的，枝叶耷拉着脑袋挂在树上。一个同样浑身湿漉漉的人站在门外，姐姐看出这是曾经爱慕她的史蒂文。

"你怎么来了?"

"我就是来看看你，我刚到家就听说了你丈夫的事情，马不停蹄地赶来，就想安慰安慰你，不然，我会睡不着觉的。"

姐姐的眼泪"哗"地流出来，"我没想到你是这样的人!"没想到丈夫刚走，就有人要乘人之危。

刚要关门，史蒂文大喊："等等，我来是想告诉你，我在海上遇到了你丈夫，他幸运地活了下来，被一艘帆船救了，如果一切顺利的话，估计明天早上就能到家了。没别的，我就是把这个消息告诉你。那我先走了。"

史蒂文渐渐远去，姐姐还没有反应过来，难道是在做梦吗？接着，一种劫后重生的喜悦涌上来，她现在最想做的就是把这个天大的好消息告诉妹妹，让她来分享喜悦。走进妹妹的房间，刚想叫醒她，姐姐突然想到，自己的喜悦不更加衬托妹妹的悲伤吗？原来我们还是同病相怜的人儿，这一刻只有她还要面对丈夫去世的痛苦，那不是很残忍吗？

望着在睡梦中微笑的妹妹，姐姐真希望她的梦可以更长一点，"可怜的妹妹！"

其实，姐姐的担心完全是多余的，因为就在几个钟头之前，也就是她刚刚睡去的时候，妹妹辗转反侧，久久不能入睡。客厅里还回荡着兄弟两个在时一家人嬉笑打闹的欢笑声。妹妹沉浸在过去快乐的记忆中，忽然一阵敲门声将她拉回了现实。

妹妹多么希望这是自己的丈夫在敲门啊，但是怎么可能呢？丈夫不在了，她好像对周围的一切都失去了兴趣，胆子也变小了。只是看看熟睡的姐姐，不得已爬起来，给自己壮了壮胆，小心翼翼地去看看是谁在不停地敲门。

推开门，外面依然笼罩在一片水汽之中，是一个头戴斗笠的男人。妹妹睁大眼睛使劲看了看，原来是城中旅店的老板。

"比格，这么晚，有什么事情吗？"

"啊，太棒了！我就期望着是你开门，要是你嫂嫂开门，我真不知道该怎么说了。"

"怎么了？"妹妹一脸急切。

"刚才有个专门给部队送信的邮差在我那歇脚，他说战争打赢了，有几个原先以为阵亡的战士还活着，你丈夫也在其中。他们现在正押解犯人到监狱去呢。得知这个消息，我就马上赶过来了，没有别的事情，我先走了。”

善良的比格走远了，妹妹的心扑通扑通地跳个不停，她想要快点把这份快乐和姐姐分享。可是转念一想，姐姐一旦知道了这个消息，我们的感情是不是就不再如从前那般好了呢？而且，不能因为我的快乐加剧姐姐的痛苦，今晚还是让姐姐睡个好觉，明天再说吧。于是回到房间，伴着激动的心情和香甜的美梦睡去了。

此刻，得知丈夫还活着，却不知弟弟也活着的姐姐正坐在妹妹床前，疼惜地爱抚着美梦中的妹妹，思量着明天该如何开口。

微点评

一个人的幸福，会倒映出另一个人的痛苦。假如爱有天意，老天又怎会在开了个残忍的玩笑后，又给姐妹俩出了道难题？

午后铜板的叮咚声

【匈牙利】**莫里兹**

母亲挨个地拉出了那些抽屉，对每个抽屉都唠叨抱怨一番，说它们"叫花子"、"穷神"什么的，最后她拉出最底下的连底儿都没有的抽屉，把它套在我的脖子上，我们坐在地板上，放声大笑。

也许，在大家的印象中，简陋的房屋里似乎只有悲鸣和哀泣，事实却并非如此，穷人也可以笑，甚至可以说，穷人在想哭的时候也常常是笑着的。

我们一家经历过最悲惨的贫困。父亲只靠在机器厂打些零工维持生计。但是，在那悲惨的童年岁月中，我却笑得那样厉害。这是因为我有一位乐观的母亲。她总是笑得那么天真甜蜜，笑得流下眼泪，有时甚至笑得直喘粗气还无法停下来。

有一次，为了凑钱买肥皂给爸爸洗衬衫，我俩花了整整一个下午来找七个铜板，而且终于找到了，从缝纫机、衣橱还有各种千奇百怪的地方搜罗出来。那真是我俩笑得最开心的一次了。

头三个铜板都是我母亲一个人的功劳，那种喜悦兴奋的表情真是难以言表。她想起自己在给人家做点儿针线活的时候，总是顺手就把赚来的钱放在缝衣机抽屉里，于是热切地希望能在里面再找到几个。

我看着母亲在抽屉里边搜寻，在针、线、顶针、剪子、扣子和碎布条中间来回翻腾。一边找一边说："不管怎么样，我们得把这些小坏蛋找出来。啊，这些淘气的、淘气的小铜板！"

她蹲在地板上，把抽屉放下来，好像怕它们会突然消失似的，又把抽屉翻了个身，得意地笑着，好像很有信心的样子，"要是只剩一个，那就应该在这儿了！"

我也蹲在那儿，眼巴巴地瞧着，看有没有晶亮的小铜板滚出来，可是没有。于是，我碰了碰那个翻身的抽屉。"嘘！"母亲却煞有介事地警告我，"当心，会逃走的呀！铜板可是灵活的动物，它滚得可真快着呢……"我们俩互相看着，笑得合不拢嘴。

平静下来之后，我又试着翻转抽屉，想着说不定铜板卡在什么地方了，母亲"哦"的一声叫起来，吓得我连忙缩回手，母亲说："着什么急呀！就让它们在那儿待着吧，只有它们藏着的时候，才是属于我们的呢！你瞧，我要洗衣服，得用肥皂，要花七个铜板。这里已经有三个了，还差四个。它们都躲在这小屋子里，不过可要小心，不要惊动它们。万一它们一生气，可就一去不回了。你得很巧妙地对付它们，就像对待淘气的小孩子一样。你不是会唱迷人的曲儿吗？试一下！说不定它们就乖乖地溜出来了呢！”

“铜板叔叔快出来，你的房子着火啦……”

我一面唱，一面把它的“房子”翻过来。结果掉出来的净是些各种各样的破烂儿，连钱的影子都没见到。

母亲开始在屋子里走来走去，嘴里还念念有词，大概是在想是不是把钱放在别的什么地方了，但是她什么也想不出来。

不过，我倒动了一个念头，兴高采烈地叫道：“亲爱的妈妈，我知道有个地方有一个铜板！”

“在哪儿？我们快把它找出来吧，可别让它长翅膀飞了！”

“玻璃橱里，在那个抽屉里。”我本来一直知道它在那儿的，整天心里痒痒着，想拿它去买糖，只是到最后也没敢把它偷走。

“你这精灵古怪的小东西，幸亏没早说出来，要不它现在一定不再那儿了！”

我们走到早已没有玻璃的玻璃橱前。还好，我们在它的抽屉里顺利地找到了那个铜板。

“哈！这下我们经有了四个铜板，再有三个就够了。加把劲儿，在天黑以前，再找到那三个，这样，我还可以洗不少衣服呢！快点干吧，也许其余的抽屉里都有一个铜板呢！”我心想：“要真是那样可就好了！这些老橱柜也真够委屈的，以前倒是收藏过不少东西，到了我们家，就一天天地变得破烂不堪了。”

母亲挨个地拉出了那些抽屉，对每个抽屉都唠叨抱怨一番，说它们“叫花子”、“穷神”什么的，最后她拉出最底下的连底儿都没有的抽屉，把它套在我的脖子上，我们坐在地板上，放声大笑。

我正笑得欢，母亲突然说道：“别笑了，我们马上就有钱了。你信不信，我猜你爸爸的衣服口袋一定有些可爱的小铜板藏在里头。”想不到，还真让她说准了！母亲把手刚一伸进父亲的口袋，就马上摸到了一个铜板。她欢喜得手舞足蹈，简直不知如何是好了！

“瞧，”她叫道，“我们找着了！一、二、三、四、五个！这真是一笔不小的财富！再有两个就够了。两个铜板算什么？五个都找到了，两个还不是小菜一碟！”

她开始兴致勃勃地搜寻起那些衣袋，可结果一个也找不出来了，我想大概小铜板们都学聪明了，早已找好了藏身之处，好不让母亲发现。

眼看下午快过去了，夜马上就要来临。“哦，我真傻！都没看过自己的衣袋！”母亲拍了拍前额说道。你相信吗，她还真在那里找着了一个铜板——第六个。现在只缺一个了，我们都兴奋起来，母亲的脸都泛出了红晕，我也一下子变得干劲儿十足了。

“把你的衣袋也给我看看，说不定那儿也有一个！”

我的衣袋？里面除了空气什么也没有！

到了晚上，我们已经有了六个铜板。虽然只差一个，但还是买不了肥皂啊，我和母亲想着各种各样的办法，是去找犹太人放账呢，还是向邻居借点呢？想来想去都觉得不可行，只好慨叹着自己的不幸，之前的努力似乎都白费了，刚才看起来还很可爱的铜板们现在却好像在嘲笑我们似的。

这时，一个叫花子走了进来。

母亲显得有点哭笑不得。

“算了吧，您来得可真不是时候，我在这儿折腾了整整一个下午，还是差一个铜板。少了它就买不到半磅肥皂。”

那个脸色温和的叫花子瞪着眼睛看着她。

“一个铜板？”他问道。

“是的。”

“我可以给你一个。”

“这还了得，接受一个叫花子的布施！”

“不要紧，我不缺这一个铜板的。我缺的是一铲子土。”说着他咳嗽了两声，叹了口气。

他伸出无力又粗糙的手，把一个铜板放在我的手里，什么也没说就蹒跚地走开了。

“感谢上帝！”母亲停了一会儿，然后旁若无人地大笑起来。

她笑得透不过气来，我在旁边看着，感觉她似乎要窒息的样子。她慢慢蹲下，用手捂住脸，身体微微地颤动着。我去扶她的时候，感到有一股温热的液体流过我的手。

那是血，是我母亲的血。

我的母亲呀，她那笑着的温柔的脸至今仍时常在我的脑海中浮现。

微点评

开心活着，是件了不起的事。其实这不需要绚丽的背景、宏大的场面，一份正能量足以让无数个再平凡不过的下午喜笑颜开。就算有一天生活变得一塌糊涂，囊中羞涩，人生也不会因此而卑微。

这水是盐水还是泪水

【西班牙】**伊巴涅斯**

小船忽然朝一侧压过去，眼看就要翻了，海水灌进了船里，渔夫们差点就要被巨浪丢进海里，安东尼手里尖锐的船篙脱滑了。这时“嘭”的一声，粗壮的鱼绳断了。

安东尼是个穷困的渔夫。去年的时候他还没有这样拮据，并不是因为自己不够勤劳，而是这个行业就是靠海吃饭，今年夏天不是个好光景。捕鱼的人越来越多，鱼群改变了游行路线，导致了大多数渔人都捕不到鱼，生活潦倒不堪。

“这可如何是好？”安东尼的妻子絮叨着。虽然现在已经夜里十一点了，但他妻子一直喋喋不休：“我们已经拖欠了太多债务，磨坊、面包店，连肚子都填不饱了，我们拿什么还托马斯的船钱呢？这个有钱又蛮横的地头蛇！他可扬言如果我们再不还钱，就要告我们去！”

“要是像去年那样该多好！”妻子又开始回忆，“去年我们可是赚大发了，成群结队的鲔鱼在门口的海里游着，随便一网子下去就赚个盆满钵满，啧啧，就像上帝直往我们的口袋里塞钱一样，那时我们几乎可以自己买一条船了！”

安东尼在妻子的唠叨中翻了个身，她的声音越来越模糊：“唉，可是今年呢，谁也没能捕到哪怕一条鲔鱼……”

不安稳地睡了不到三个小时，安东尼就被一阵敲门声惊醒了，那是他的伙计叫他去捕鱼：“到时间了！”

安东尼叫醒了他的得力小助手——九岁的儿子。在同龄人还在玩耍的时候，他就已经能像一个成年人那样帮父亲捕鱼了，脸上有着与年纪不相符的庄严和机智。他从半夜的睡梦中醒来，熟练地到厨房背起饭篮子，手中提着有鱼食的小筐子，那是对付鲔鱼最好的诱饵。

被出海的人吵醒的妻子，睡意蒙眬地嘟囔着：“希望你们今天能有好运挣到钱，家里已经揭不开锅了……今年光景可真不好啊！”安东尼边往外走边说：“闭嘴吧你！海里的东西全可都是老天的恩赐。有人说昨天见到了一条离群的鲔鱼，巨大无比，要是今天我能逮到它，可就大丰收了！”

海滨的渔夫码头上，小船队都已经准备就绪了。码头的村子旁边，就是有钱的贵族们消夏避暑的俱乐部，那是一座豪宅，透过窗户，灯火通明的照耀着波光粼粼的海面。“我们在这里为了填饱肚子深夜讨生活，那群人却在那悠闲地赌钱，真应该让他们来试试受这个罪!”安东尼愤恨地唾弃。

船员们准备挂起船帆，各自忙碌地在甲板上工作，轱辘和绳索的吱拗声飘荡在大海的夜空里。不一会，船员们拉起了船缆，海风中，帆缓缓地颤抖着升起来了。“抓紧时间伙计们！我们已经落后了!”安东尼喊着。

船队全都驶出了海港，不一会儿，漆黑的海面上就飘荡满了前来捕鱼的船。

“这里船太多了，我们打不到什么东西的。”安东尼看着周围遍布的渔船。

“可是就要起风了。”伙计看了看天空和海面，担忧道。

“我知道！大胆点，继续向前!”小船在指挥下离开了近港的海域，朝着远处漆黑的大海深处驶去，夜空里闪烁着点点星光，使得海天交际处看上去有些阴森恐怖。

船在黑暗中游荡了整晚，安东尼的渔船依旧所获无几，站在桅杆旁的伙计开始有些不耐烦了，似乎他们已经没有必要继续往远处航行了。

太阳缓缓升起来了，海面被映得火红，海水像要沸腾一般涌动着。安东尼专心地掌舵，儿子在船头观察着海面，船尾满是鱼线，可是一条像样的鱼也没有上钩。阳光越来越炙热了，有时，安东尼干脆到船舱底去喝水，让船在海上自由盲目地飘荡。船离陆地越来越远了，中午时刻便完全看不到陆地和其他渔船了。伙计开始抱怨一无所获，安东尼只得暂时放弃航行。“只能顺其自然了，现在先休息一会吧，”安东尼干脆坐下了，“把饭篮子拿过来，我们吃午饭吧，至于能不能捕到鱼，听天由命！”于是大伙坐下来开始吃面包。

“爸爸！一条大鱼！好大啊！”儿子喊道。大家瞬间丢下午饭跑到船头去。看到水面，伙计激动地叫着：“是鲔鱼！我从来没见到过这么大个头的鲔鱼！”这条鲔鱼真的很大，它游动时掀起的波浪甚至能把小船晃动起来。它有着强壮的黝黑脊背，看上去无所畏惧，肆无忌惮地扭动着巨大的长鱼尾。它似乎在故意捉弄船上的人，在水里时而下沉，时而浮出水面，忽然又掀起波涛，几乎要打翻渔船。安东尼惊喜不已，他飞快地将绑着巨大鱼钩的粗绳子拿起，抛到鲔鱼忽隐忽现的位置上。

绳子就带着小船急速地飞驰，浪花四溅，船面颤抖颠簸着，人们摇晃不堪，连桅杆和船帆都吱呀呀地怒吼着，要折断一般。这样的惊险持续了不一会儿，海面又恢复了平静，船安静下来，悠悠地飘荡着。伙计们拉起了绳子，上面什么都没有，除了已经折断的粗大的铁鱼钩，他们煞时目瞪口呆。

“真像一头恐怖的海怪！太凶猛了，我们斗不过它的！”伙计退缩着，被眼前折断的鱼钩和经历的惊涛骇浪吓得面色惨白。

“这就是他们口口相传的那条离群的大鲔鱼！”安东尼不放弃，“价值连城你知道吗！我一定要抓到这畜生！”因为激动而面部涨红的他怒吼着，把舵转个方向，追随着大鱼游走的方向驶去。安东尼亲自找出一只最新最粗壮的鱼钩，绑上了鲔鱼最爱的诱饵，抛到海水里，“再看到那畜生靠近船，就拿船篙直接捅到它身体里去！”

话音未落，小船又开始剧烈地颠簸起来。鱼绳绷得紧紧的，那条鲔鱼上钩了，它有力地游动着，拖着小船朝相反的方向，开始挣扎。船似乎都要跳离水面了。鲔鱼发狂地翻起海浪，海面呼啸着，涌动的海水像忽来的风暴，肆虐的潮流张着大口就要吞噬渔船，太可怕。

小船忽然朝一侧压过去，眼看就要翻了，海水灌进了船里，渔夫们差点就要被巨浪丢进海里，安东尼手里尖锐的船篙脱滑了。这时“嘭”的一声，粗壮的鱼绳断了。小船安稳下来，安东尼赶紧捡起长矛般的柄，向船边的鲔鱼刺去，“杀死你这怪物！”安东尼嘶吼着，为刚才生死一线的惊险报仇，“啊！”拼尽了全身力气将锐利的铁尖扎向大鱼。鱼背上滋滋喷出了血水，瞬间被染红的海水泛着腥味，但是那鱼仍旧奄奄一息向前游走。

渔夫们面如土色，“太惊险了！刚才差点就要见上帝了！安东尼，你已经刺中了鱼的要害，失血过多，过会儿它就能漂起来了。”

安东尼喘息着一屁股坐下，环顾四周，“我儿子呢？”这时大家才发现孩子不见了。

安东尼惶恐不安，心脏几乎要跳出来了，他爬起来战战兢兢地朝船舱走去，颤抖着想要从那里发现他的儿子，黑暗的舱洞里灌满了海水和鱼血，安东尼在漆黑的水里摸索着，只摸到了水桶和绳子，他就要抓狂了。“我的儿子！”他跌跌撞撞地爬到船面上，撕心裂肺地喊着，大海和渔夫们都沉默着，没人给出回应，毕竟刚刚伙计们也差点送命，惊魂未定。

“快看那个！”这时一个人指着刚才战斗过的海面喊，那里有一个黑东西漂浮着。

安东尼立即跳进水里，奋力地朝黑点游去，在猩红的海水里拼命向前。看清了那只是掉落的船桨，他就要绝望了，“孩子！”歇斯底里的呼声在海面上回荡。他哭泣着向四周环顾，只有无尽的海水和浪花，痛不欲生的他仍旧怀着一点点希望想找到儿子的尸首。他继续向前游着，碰到任何固体，都觉得那是自己的孩子。

不停地游了近两个小时，安东尼甚至想跟儿子一同葬身海底，伙计们将肝肠寸断的他拉上了船。他看到船面上渔夫们捞起的那条死鱼，黝黑扭曲。可儿子没了，这些有什么用呢！安东尼沉默着。

“这是常有的事啊！安东尼。我们的父亲死在了这里，孩子也死在了这里，以后我们也将死在这里。”渔夫们劝慰道，“只是早晚的事罢了，都是注定了的。活着的人可还要继续生存！工作吧！”他默默地拿出绳子将鲔鱼绑了起来，这是牺牲了儿子的命换来的。

“我可该怎么向妻子母亲交代啊！”安东尼流下悲伤的泪水，又不得不继续劳作。带着悲痛，他和船员们开始清理积水，安东尼也不清楚，泼出去的湿咸到底是海水还是眼泪。

积水清理干净，风鼓满了帆，渔船行驶得很快，年轻的伙计们看着猎物和遥远的陆地，似乎忘记了大海上演的悲剧。夕阳照着海港和村落，船驶向愈来愈清晰的码头。安东尼心中的恐惧涌上心头，和悲伤搅在一起，五味陈杂。

陆地靠近了，他们看清了富人区那俱乐部的豪宅和广场上散步的人们，五颜六色的太阳伞下，往来穿梭的人们欢声笑语，跳着轻快的舞步。节奏的舞曲和欢乐的笑声，冲击着安东尼的心头。他看见人群里跑着跳着的儿童，是那样的生机勃勃无忧无虑，粉嘟嘟的笑脸在夕阳中格外美丽，却又那么刺眼。

村落里的渔民们等待在码头上，看着进港的船面上躺着一条巨大的鲔鱼，人群开始喧哗激动起来。船一靠岸，人们便羡慕地蜂拥而上，泥鳅般的孩子们迫切地跳到水里抚摸鱼尾巴。一个灰衣女人孤零零地站在最高的岩石上，急切地眺望着渔船，安东尼一眼就认出了妻子，她看到了丈夫后，急匆匆赶过来。

“儿子到哪去了?”妻子费力挤过人群，急切地询问。安东尼装作在听朋友们的道贺，低头默不作声，他可怜地蜷缩在人群里，想有个洞能藏进去。

“我的儿子呢?”女人冲到丈夫身边，摇晃着丈夫的手臂质问着。安东尼此时失声一般，口中挤不出一个字，失魂落魄，妻子仿佛明白了什么：“我的孩子呢！安东尼！孩子呢?”她粗暴地推搡着安东尼，尖叫着问出海的人们，锐利的喊声使人群安静下来。

“他葬在海里了。”安东尼呜咽着回答，泪如泉涌。

“还我的孩子！还我的孩子！”妻子发疯一般厮打着他，拉扯着自己的头发，悲痛地滚到了地上。村庄里的妇女上前来将她扶起，送到了她破败的家里，她们也曾经经历过这样的丧子之痛，太常见了。

茅草屋里，可怜的女人仍旧撕心裂肺地哭喊着，死去活来。渔人们上前安慰安东尼，鱼贩子们上前问价，安东尼年轻的伙计们没有理会正在上演的悲恸，大声吆喝着谁出的价高就卖给谁，掂量着如何将鲔鱼变成沉甸甸的钱。富人区里的人们，更不会理会这些悲伤，他们迈着轻快的步伐，随着美妙的音乐翩翩起舞，在海水里嬉戏着，在岸上追逐着，夕阳洒在他们华丽的衣衫上，五彩斑斓地闪着光圈，看上去祥和自在，欢声笑语随着微风飘动。

“我的孩子！”叫声划破了暮色。

微点评

掉到海里的是未来的希望，还得含着眼泪继续从那里打捞明天。难怪海水那么咸涩，原来满是泪水和血汗。生总是充满了意外，没有约定，就要离开。转身只能看到苦痛，抬起头，彼岸才有阳光。

小家伙睡得正甜美

【俄国】托尔斯泰

邻居的手垂落在草垫上，似乎临死前想要抓住什么东西。娜拉顺着手看过去，两个卷发小娃娃安静地睡着。两个胖乎乎的脸蛋牢牢地挨在一起，呼吸平缓，显然睡得很香。

海风呼呼作响，催促海浪击打着海岸，如野兽嬉闹。天空阴沉，独有的一丝光亮从海边茅屋里发出。这是渔民娜拉一家的房子，里头炉火旺盛地燃烧着，阻隔了外头的寒冷。娜拉正在缝补渔帆，五个小孩已经躺在床上沉睡，白蚊帐为他们挡开了外面疯狂咆哮的大海。海浪声敲击着娜拉的心，她的丈夫清早出海，至今没回。娜拉担心极了。

为了养家，即使寒风凛冽，海浪翻涌，丈夫也会出海。但五个孩子的重担，即使娜拉和丈夫整日里忙活，也难以抚养。孩子们穿不上鞋子，总是赤脚跑在海边。一家子也吃不上什么好东西，能配饭的只有鱼，最经常啃的还是面包。但娜拉从不抱怨。孩子们能健康成长，她就很满足了。

老式木制钟响了。十下。十一下。时间在走着，海风依旧狂啸。丈夫的身影还没有出现。娜拉着急不已。她在胸前划了十字，默默对天祈祷着。

娜拉不安地走动着，睡不着。她拿起灯火，披上了一条头巾，准备到外面看一看，大海有没有安静一点，灯塔还有没有点着灯，最主要的是，丈夫的船是不是即将靠岸了。灯塔已经关了，海面一片黑暗。娜拉的头巾在狂风中飘扬着。忽然，一阵声响，邻居的屋门被什么东西敲了一下。娜拉这才想起，邻居生病了。

邻居是一个养着两个孩子的寡妇，平日里操心，又有病在身。娜拉觉得她可怜极了，日子真难过。娜拉敲了敲屋门，里头非常安静，没人回应。娜拉更加不安。她轻轻碰了一下门，没锁。娜拉走了进去。

一股冷风袭来，娜拉打了个寒战。屋子里就像海面一样阴冷。娜拉提高手中的灯，找着病人休息的地方。她照到了一张床，床上有人躺着。娜拉唤了邻居一下，没有任何动静。邻居就像失去气息，死一般地躺在床上。娜拉将灯拿近，发现邻居脸色发青，脸上没有一丝表情。死了。

娜拉心颤了一下。很快，她发现，邻居的手垂落在草垫上，似乎临死前想要抓住什么东西。娜拉顺着手看过去，两个卷发小娃娃安静地睡着。两个胖乎乎的脸蛋牢牢地挨在一起，呼吸平缓，显然睡得很香。在他们身上，盖着一件破旧的衣裳，小腿用旧头巾包裹起来。这是他们母亲临死前帮他们做的最后一件事。

娜拉把孩子们抱起来，用头巾包好。她紧张，因为她打算将孩子抱回家抚养。她自己都不晓得为什么要这么做，但是似乎，她就必须这样做。

孩子抱回家了，被放在五个孩子身旁。娜拉心怦怦急跳，像受到什么责备似的，急忙将蚊帐放下。她的心里忐忑不平：他会骂我吗？五个孩子已经够他累了，我还这样增加他的负担？……啊，我听到他回来了！……没有，幸好。可是为什么我要这么做呢？他会打我的。……那就让他打吧。……是他回来了？……不，幸好。……回来了！

门响了一下，娜拉的心跳得比海浪还厉害。她从椅子上站起来，全身微微发抖。

不是丈夫，只是一阵风。矛盾的心折磨着娜拉，她盼望着丈夫安全归来，又担心他回来。她还在质问自己："为什么我要这么做？他看着我的时候，我如何直视他？……啊，回来了！"

门真的打开了，一个庞大的黑影出现在门口。丈夫很快走了进来，他的脸被海风吹得黝黑严峻。他向娜拉打了个招呼。娜拉不敢抬头看他，小声地应了一声。

"今天的大海黑乎乎一片，太吓人了！"

“是吗。……是蛮吓人了……对了，今天打到多少鱼?”娜拉眼神飘忽。

丈夫用力将渔网拖进屋子，在火炉旁烤热身子。他的声音很低沉。

“非常糟糕！渔网破了，什么都打不到！这么坏的天气我还从来没遇到过！别说打鱼了，能安全回来，就该谢天谢地了！告诉我，我出外打鱼的时候，你在家做了什么?”

娜拉心咯噔一下，似乎丈夫发现了自己做的事一样。她脸色泛白，支支吾吾。

“没……没什么……就是补补渔帆……对了，你叫我担心死了。海风那么大，你都没回来。”

“唉，天气那么糟糕，没办法!”

娜拉不再回应。一阵沉默过后，娜拉开口了。

“西玛死了。大概是昨天死的。她留下了两个孩子，很小，一个还在学说话，另外一个刚学会了爬，真是可怜……”娜拉的声音渐渐变小，直到消失。她偷偷望着丈夫，他眉毛紧皱，脸上露出忧虑的神情。

渔夫搔了搔后脑勺，在考虑什么。忽然他对娜拉说：“快！将两个孩子抱过来，怎么能让他们和一个死人睡在一起呢!”娜拉眼睛亮了起来，她听着丈夫继续说：“没错，应该这样做！我们苦一点，总算能熬过去。”

娜拉全身放松，笑了。丈夫催促她快去将孩子们抱来，她一动不动。

“娜拉，你不想吗?”

娜拉走到床边，将蚊帐拉起。

“看，他们就在这里呢!”

微点评

比起出海讨鱼的生活，渔夫和娜拉的爱是一首甜美的诗。就算再困难，爱都是最有力量的存在，可以风雨无阻，可以肩负起两个小家伙轻轻的梦。

无论
爱
与
不爱

只 有 这 辈 子

指尖的忧愁，一生的守候

就算我们有一天为人父母，年华老去，可在爸妈眼中，我们永远都是长不大的小孩，是那个仍然在玩泥巴的捣蛋鬼，这是他们一辈子也不变的挂念。

最美的婚礼

【印度】**泰戈尔**

“喀布尔人，你那个大口袋里装的都是些什么啊?”“嘿嘿，我可不会告诉你我的口袋里装的是大象的!”

我的女儿敏妮今天就要出嫁了，想到这个小人儿就要嫁作他人妇，心里不免有一丝不舍。就在我恋恋不舍忙乱的当口儿，来了个也叫她作小人儿的人。他的名字叫拉曼，一个来自阿富汗的喀布尔人。

这个故事还要从头说起。那时候敏妮才五岁，是个整天叽叽喳喳说个不停的小姑娘，满脑子的奇思妙想，家里的人都没法对付她的小脑袋瓜子，搞不清她究竟在想什么。尤其是她的母亲，对她嘴巴不肯停的样子耐心全无，还好，我这个父亲对她自始至终“有求必应”。

她的脑袋瓜子转得特别快，快到你刚还在想第一个问题，她的第二波问题已经来了。要是她哪天沉默地坐在那儿，我还真不习惯。有一天，我正在写一本小说，这个小人儿不知何时溜了进来，她将一双小手放进我的手里，然后开始发问："爸爸，看门的叔叔把乌鸦叫黑鸦，你说他是不是什么都不懂呀?"

我正低着头沉思，思量着该怎样让她明白不同地方的语言差别时，她已经转到了另一个话题了。"爸爸，普拉说天上的云朵其实是大象，它们从鼻子里喷出水来，那就是我们常说的雨啦。"我还在为这个绝妙的比喻感到惊喜的时候，她已经开口跟我说第三个话题了："爸爸，妈妈跟你是什么关系?"

"哦，妈妈呀，她是爸爸最亲爱的妹妹呀，我的小人儿。"我敷衍道，心里却乐开了花。"去吧，敏妮，去找普拉去玩吧。爸爸正忙着呢。"

我写作的房间窗户临街，这让我总能第一时间观察到人们在忙着什么。敏妮这个小人儿坐在我的脚边上玩耍，百无聊赖地用她的小手敲击着膝盖玩。我专心致志地写小说，正写到男主人公抱住女主人公准备从古堡的三楼窗户逃生时，我的敏妮突然不愿意玩耍了，她跑到窗口冲着街上大声喊："喀布尔人！嘿！喀布尔人!"

我朝街上一看，下面果然慢悠悠地走着一个喀布尔人。他裹着高高的头巾，穿着喀布尔民族服装，只不过那衣服脏得很。他的手里拿着一盒葡萄干，他向楼上看了看。天哪，看来他是要准备上来了！

我心里还想着小说里的主人公，他们是如此紧急，可是我眼下却不得不弃他们而去了。他果真进来了，一脸堆笑，背上背着个大袋子，仿佛有几个孩子在那袋子里一样。我买了点他的东西，见他仍然没有想走的意思，于是我只好抛下小说，跟他攀谈起来。

他左顾右盼，似乎在找什么人。末了，他问道："那个孩子呢？叫我喀布尔人的小人儿呢？"我觉得敏妮见见他无所谓，于是就叫人把她叫了出来。刚刚还活蹦乱跳的敏妮此刻却像只小鹿一般乖，她藏在我的身后，一双机灵的眼睛骨碌碌地转，望着眼前这个喀布尔人。

我以为这一页就这样翻过去了，料不到几天以后我却见到我的敏妮正坐在门口的长凳上，旁边坐着那个大高个，两个人有说有笑地不知在叽叽咕咕什么。我感到十分惊讶，因为这小人儿完全是个话唠，在喀布尔人之前，家里只有我能受得了她的叽叽喳喳。

我走过去，见到她的小纱丽里面满是葡萄干，我感到有点难为情，从身上掏出钱来递给大高个。喀布尔人起先愣了下，但最终还是满不在乎地接了过去。

等敏妮回家的时候，这些钱却引起了不大不小的麻烦。她的母亲百般责问，钱究竟是从哪儿来的。敏妮非常坦诚地交代是那个喀布尔人给她的，她不说还好，一听说是个陌生人给的钱，妻子恼火极了。"你怎能拿别人的钱呢？何况还是个我们不熟悉的人！妈妈不是一直跟你说，不可以拿别人钱的吗！"

敏妮很委屈地盯着我看，我将原委解释了一通，她才消了怒火。可是她转而又忧心忡忡地对我说，我们都不清楚这个喀布尔人的来路，敏妮跟他一起玩不会被拐卖吧？

这也不无可能，但我总觉得妻子太过敏感了，劝她不要杞人忧天。

此后的日子里，这个喀布尔人隔三差五地就来跟敏妮一起玩耍。他们的对话偶尔被我听见，我常常忍不住捧腹大笑。“喀布尔人，你那个大口袋里装的都是些什么啊？”

“嘿嘿，我可不会告诉你我的口袋里装的是大象的！”两个人哈哈大笑。喀布尔人又问敏妮说：“你去过你的公公家吗？”小小的敏妮已经知道公公家还有另一个意思，它就是监狱的雅称，一个不需要你花钱就能给你吃喝的地方。

敏妮停顿了下，然后说：“那你去过吗？”

“哼，我要是去的话，我就拿我的双手去揍公公！”敏妮咧着嘴笑个不停。

这样的日子过了也不知多久，妻子每天还是照常唠叨，让敏妮不要跟喀布尔人来往，而我也还是千篇一律地劝她不要多虑。喀布尔人每过一段时间就要回国一趟，我想大约是回去拿货的。他走之前都会挨家挨户地收欠款，但是在这忙碌中他总会抽出时间来陪敏妮玩。

有一天清晨，天气很凉爽，阳光洒在我的脚上特别舒服。我正埋头写稿子，突然听见街上闹哄哄地。一抬头见到的却是两个警察架着那个喀布尔人。我冲到人群里，有人大声告诉我说大高个杀人了。我的脊背一瞬间冷汗淋漓。原来他去收款的时候，有一家明明拿了他的物品却不承认，争执中他拿刀刺伤了欠款人。

敏妮也出现在人群里，本来还义愤填膺的喀布尔人却一脸温柔地对敏妮说："嘿嘿，小人儿，我要去公公家里面了！要不是我的手上戴着手铐，你知道，我一定会揍公公的！"敏妮笑了，她还不能分辨这是为了什么。后来喀布尔人以蓄意谋杀的罪名被判监禁八年。

日子还是一如既往地往前走，我的敏妮长大了，出落成一个亭亭玉立的大姑娘了。她居然要结婚了，这让我这个做父亲的心里像打翻五味瓶一样，说不出个滋味。我和敏妮都忘了喀布尔人。

在敏妮结婚的那一天，我们全家都在为她的婚礼忙碌着，整个庭院享受着阳光的沐浴和喜悦的清辉。我正在那里查阅账目的时候，一个满脸清爽的高个子男人站到了我的面前。有一瞬间我感到十分恍惚，但很快就认识了这张熟悉的脸。没错，他就是那个满脸胡子的喀布尔人，不过此刻他的胡子不见了，他的脸也显得苍老了很多。

"先生，你还好吗?"我礼貌地问他。

"我昨天刚从监狱里出来。"一听说是监狱，我浑身不自在起来，总觉得这样吉祥的日子里，他出现似乎有点不吉利。

"我能见见我的小人儿吗?"

我本能地想要拒绝。

"哦，先生，今天是个大喜的好日子……我们都很忙，恐怕你见不到她了。”他听了，脸上露出很失落的表情。

不过他也没有强求什么，只是从身上掏出一包葡萄干，对我说：“先生，请你将我的礼物转交给她可以吗？千万别给我钱。替我祝福她新婚快乐！”他说完这些话转身就走。我有点后悔自己的残忍，刚要叫住他的时候，他恰好回头了。

他从身上取出一张脏乎乎皱巴巴的纸来，然后将它摊平。我不明所以地看着这一切，这既不是一张画也不是纸币。纸张上印着一双小手的手印。“这是我的女儿，她跟敏妮一样大。”他说不下去了，声音哽咽。

我的鼻头也感到一阵酸胀，叫人去喊敏妮过来。

敏妮来了。喀布尔人非常震惊，这完全不是他印象里的小姑娘。他对敏妮说：“我从公公家里回来了！”敏妮此时却是一副新娘的娇羞模样，她不好意思地低着头。

喀布尔人一瞬间意识到他们的友谊不可能像从前一样了，因为敏妮不再是个只有五岁的小丫头了，而他也许也想到了自己的女儿，应该也有这么大了。

我掏出钱来，递给他说：“算作路费吧，回去吧，回去见见你自己的女儿。”喀布尔人感激地冲我点点头，走了。敏妮的婚礼因为少了那部分钱而显得紧张，不少女仆抱怨东西用得不够好，然而我却认为这是我所能给敏妮的最好的婚礼了。因为我能够想到，在遥远的阿富汗，将会有一对父女幸福地重逢。

微点评

远方的女儿，是父亲遗落人间的玫瑰。即便山高路远，都值得一步步走回去。那是父亲不忍触碰的心伤，如今年华老去，更添情深几许。来得及，他的皱纹还能延伸到女儿的青春。

亲爱的爷爷，我在含泪给您写信

【俄国】**契诃夫**

“爷爷，您带我回去吧。我不会闲着的，会自己去找活干，我去求那个管家让我擦皮鞋，或者我去求费吉卡，跟他一起放牧。总之，我会好好工作，长大了好好孝敬您，要是我犯错了，您就狠狠地打我一顿，我保证毫无怨言。”

今天是平安夜，老板一家人带着店里的伙计们去教堂了，屋子里没什么声音，安静得很，凡卡静静地思索着，准备给爷爷写一封信。他今年九岁，被送到鞋匠阿里亚希涅这里做学徒已经三个月了，一直没有见过爷爷。凡卡小心翼翼地握着一只生了铁锈的钢笔，在一张皱皱巴巴的纸上用力地写下“亲爱的爷爷”几个字，又停下来，不安地看了看门口和窗户的方向。那里有一座神像，在黑夜里显得暗淡肃静，神像边上的两排架子上满是楦头。

看到没有什么异常，凡卡接着写下去："我是您的孙子凡卡，在这里给您写信，祝您圣诞快乐。您是我在世上唯一的亲人了。"凡卡的爷爷叫康斯坦丁·玛卡里奇，今年六十五岁，是一个快乐的老人，总是笑眯眯的，他的工作是为老爷家守夜。

凡卡想起了以前跟爷爷在一起的日子。那时爷爷白天睡觉，一到夜晚，就穿上羊皮袄，带着母狗凯西和公狗泥鳅，边在别墅里转悠，边敲梆子。现在这个时候，天气这么冷，爷爷又在工作了，他一定是耸着肩站在大门口，跺着脚，缩成一团，不时看看乡村教堂的窗户，那里的窗户总是又红又亮。

凡卡从回忆中醒过神来，看向门外，今天天气晴得很好，虽然一点风都没有，却还是冻得人直打哆嗦。这个夜晚没有月亮，只有银河清晰无比，周围是成堆成堆的亮闪闪的星星，村子在它们的照耀下显得安静，放眼望去，可以看见白白的屋顶、结满霜的树木和雪堆，还有从烟囱冒出来的丝丝缕缕的烟。

眼神转到信上，凡卡似乎有些悲伤，他用笔尖蘸了点墨水，接着写："这个星期我已经挨了好几顿打，开始是店里的伙计们欺负我，他们让我在去店里买酒的时候把老板的黄瓜偷来，被老板看见了，他随便抓起个东西就往我身上抽。后来老板娘让我清理一条青鱼，我抓起鱼的尾巴开始刮，可是不知道怎么回事，老板娘捉起青鱼直往我脸上戳。最近的一次挨打是昨天夜晚，我白天干活太累了，又没有休息好，夜晚摇老板的孩子睡觉的时候，自己也不小心睡着了。就因为这，老板发了大火，提起我的头发把我往院子里扯，然后狠狠地揍了我一顿。经常挨打就算了，吃的也很差，每天早晨和晚上都只有一丁点面包，还不够塞牙缝的，中午甚至连面包都没有，只有稀粥。没有菜，也从来没有喝过茶。睡觉的地方呢，就在过道，那里根本没法睡觉，并且只要那孩子哭，我就得立马起来去给他摇摇篮。

亲爱的爷爷，您救救我吧，我就要活不下去啦，你带我离开这里，我求您了，快来救我。”

凡卡写到这里，几乎都要哭出来了，他在这里受的苦实在太多了，再这样下去，肯定会死掉的。他用手背抹了抹眼睛，把眼泪憋回去。

“爷爷，您带我回去吧。我不会闲着的，会自己去找活干，我去求那个管家让我擦皮鞋，或者我去求费吉卡，跟他一起放牧。总之，我会好好工作，长大了好好孝敬您，要是我犯错了，您就狠狠地打我一顿，我保证毫无怨言。爷爷，您再不来带我走，我就活不下去了。天气这么冷，我连鞋都没有，是根本走不到村子里的。”

“莫斯科这个大城市有很多的铺子，有一个卖渔具的铺子，里面有很多很多的钓鱼竿，听说什么鱼都能钓到，好几十斤重的大鲇鱼都能钓起来。旁边是个卖枪的铺子，我们老板有一把跟它那里一模一样的枪，我觉得肯定要一百卢布。还有个肉店，里面有鹌鹑、野兔等，但是店里的伙计不肯告诉我他们是从哪里打来的。但是，这里还是跟我们那里不一样，莫斯科有很多马，却连一只羊也没有，那些狗也从来不咬人，胆小得简直让人发笑。圣诞节也没有村子里的有趣，小孩子们都没有星星灯，教堂就更古怪了，那里的唱诗台竟然不准人上去唱诗。对了，爷爷，明天就是圣诞节了，您还记得我的绿盒子吗，请帮我在老爷的圣诞树上摘一颗金胡桃放在那里。”

写到这里，凡卡停了下来，有点怅然若失，以前爷爷总是带着他去树林里砍圣诞树，那里面很冷，树木都呼啦啦地响，他老跟着爷爷，学他咳嗽。每次砍树前，爷爷总要边抽烟，边逗着凡卡笑。他们一起挑选最漂亮的枞树，带回家让大家好好地装扮。偶尔也有例外，会有野兔子从树林里蹿出来，这时候凡卡就跟爷爷一起去追兔子。想起来，那是多么快乐的日子啊！

“亲爱的爷爷，求您看在上帝的面子上，尽快来接我。我是个孤儿，您要是不管我，就没有人管我了。我在这里很痛苦，总是想哭，因为这里的人都欺负我，还不给我吃的。有一次，我被老板用楦头打昏过去了，也没有人理我，过了好长时间，我才自己醒过来。这样的生活什么时候会结束啊……帮我问候阿廖娜、艾加尔和马车夫，不要让别人动我的小风琴，期盼着您的到来，您的孙子凡卡。”

凡卡小心翼翼地把信折起来，装进他头天晚上花一个戈比买的信封里，在封面上郑重地写上“乡下爷爷收”，想了一会，似乎觉得不妥，又加上几个字“康斯坦丁·玛卡里奇”。做完这一切，他似乎很心满意足，只穿着衬衫就飞快地跑了出去，一路上竟然也没觉得冷。街上有个邮筒，他从肉店的伙计那里得知，把信放在那里，爷爷就会收到。凡卡小心翼翼地把信塞进了他看见的第一个邮筒，满怀希望地回去了。

那一天夜晚，他睡得很熟，梦见爷爷坐在温暖的炕上，眯缝着眼读他写的信，旁边是泥鳅晃着尾巴来回走动着。

微点评

小孙子的生活是艰辛的，但他塞进邮筒的是对这个世界一夜美好的想象。不知道他的爷爷是否健在，是否还能在梦里给他一个完美的许诺。冬夜简静，难得安好，希望在路上，烂漫难收。

最珍贵的画像

【美国】欧·亨利

他时常对邻居讲，这幅画才是他这辈子收集到的最珍贵的艺术品。尽管在别人眼里，不过是一幅普通的肖像画。

很久以前，在一个村落里有一个富裕的家庭，因为母亲早逝，父亲便带着唯一的儿子过着平淡的生活。生活中，父亲是一个狂热的艺术品收藏迷，儿子似乎得到了父亲的遗传，也热衷于艺术品的收藏，他们走遍世界，探寻各处珍贵的艺术品。

随着日积月累，他们所收集的艺术品已经小有规模。他们把这些珍贵的艺术品挂在客厅的墙壁上，供来往的宾客欣赏，也得到了这些宾客的溢美之词。更让这位逐渐年迈的父亲感到得意的是，儿子在随他出门寻“宝”过程中，逐渐积累的丰富的生意经验以及对艺术品高超的鉴赏力。

可惜好景不长，他们所在的国家发生了战争，所有年轻人都应征上了前线，儿子也因此告别老父亲，赶赴前线。圣诞节前夕，老人在家翘首以待，希望能见到凯旋的儿子，然而等待着他的却是一封无情的电报，原来儿子在离家不到数星期，就在一次战斗中为国捐躯，失魂落魄的老人只能一个人守着悲痛和寂寞，等待着圣诞节的来临。

在圣诞节早晨，老人被一阵急促的敲门声从睡梦中吵醒，他蹒跚地走过去打开门，发现门外站着一个身着整齐军装的年轻士兵，背着一个大包裹，正向他庄严地敬礼。

还没等老人开口，士兵就自我介绍道："我是您儿子的一个战友，我有一份礼物要送给您。"

说着他便立刻卸解开包袱，从中取出了一幅画卷，递给老人，老人缓慢地展开画卷，发现画上画的正是自己日夜思念的儿子，看见儿子的肖像，老人不禁老泪纵横。许久，他才从悲痛中缓过神来，他抑制住内心强烈的悲痛，用颤抖的声音向士兵道谢，并对士兵说，这是他收到的最好的圣诞礼物，他会将把这幅画挂在壁炉的正上方。

从此，老人便日日守护着儿子的肖像，对于他从前努力收集到的艺术品，他变得漠不关心，他时常对邻居讲，这幅画才是他这辈子收集到的最珍贵的艺术品。尽管在别人眼里，不过是一幅普通的肖像画。

圣诞节一过，老人就在一场疾病中去世了。临死前，老人立下遗嘱，他所收集的所有绘画艺术品都将在下一个圣诞节那天举行拍卖。

时间转瞬即逝，新的圣诞节很快就来临了，到了拍卖会那天，世界各地的艺术家都慕名而来，他们都热切盼望能拍得那些珍贵的绘画艺术品。

谁也想不到拍卖会最先开始拍卖的艺术品竟是老人儿子的肖像，人们极其不耐烦地等待拍卖师向自己询求拍卖的基价，刚才还热闹的会场一下变得鸦雀无声，人们似乎用这种不约而同的沉默来表示他们的不屑。

于是拍卖师只好问到：“有人愿意出100美元买下这幅画吗?”

会场依旧一片寂静，拍卖师再一次发问时，终于在会场后排传来不耐烦声音，“我们到这里来是为了竞卖那些珍贵的艺术品，别拿这种普通的玩意出来糊弄我们，快点拍卖那些珍贵的艺术品吧!”

顿时，会场上议论纷纷，就像热锅上的蚂蚁，赞成声、附和声不绝于耳。

拍卖师不紧不慢地说，“按照老人的遗愿，必须先拍卖这一幅肖像，我们必须尊重这些艺术品主人的意愿，现在有谁想要买这幅画吗?”

一个老人生前贫困的朋友弱弱地说道；“如果是10美元，我将买下这幅画。”

“有没有人出更高的价格?”拍卖师大声问道，会场一片沉默，无人应答。“10 美元一次、10 美元两次、……好，成交！”

随着拍卖师拍卖槌的落下，会场一下又热闹起来，人们纷纷表示庆贺，突然，有人高声喊道：“现在可以拍卖其他那些珍贵的艺术品了吧?”

观众一下子把贪婪的目光都集中在拍卖师身上，拍卖师环视了一下周围热情高涨的观众，庄重地宣布：“今天的拍卖会到此结束！”人群立刻炸开了锅，他们带着困惑的眼神纷纷注视着拍卖师，希望这只是他开的一个善意的玩笑，然而拍卖师顿了顿，接着说道：“依据老人的遗嘱，谁买下他儿子那幅肖像，谁将无偿获得其他那些珍贵的艺术品。”

会场一下子寂静无声。

微点评

再珍贵的艺术品也敌不过时间的侵蚀，有一天也要灰飞烟灭。反倒是人与人的真情如醇香绵延，润物无声，遁入愁肠，化作相思泪。

善意的谎言

【意大利】**亚米契斯**

我现在已经没有办法离开他了，你看他看我的眼神，如果没有我照顾他，就再也没人来照看他了。

清晨时分，细密的雨铺满街道。在那不勒斯一家著名的医院门口出现了一个满身脏兮兮的孩子，那孩子好像才从泥坑里爬出来，雨水让他看起来狼狈不堪。他伸出小手递了封信给看门人，看门人面无表情地看了看他，随后叫来一个护士领他进医院。

他被带到一个病床前。孩子看了看病人，一下子大声哭起来。病人在病痛的折磨下非常瘦弱，头发全白了，脸色发青，脸颊浮肿，整个脸庞仿佛马上要开裂一样。眼睛变小了，嘴唇变厚了，孩子想着，跟父亲平日的样子完全不同，而且呼吸特别细微，只剩下额头和眉毛还隐约有着父亲的样子。

孩子一下子急切起来："父亲！父亲！你发生什么了，怎么变成了这个样子！你还认识我吗？我是西西罗啊！你的儿子啊！"

病人睁着几乎快隐没在脸颊中的眼睛瞥了孩子一眼，就不再有任何反应。"父亲！你到底怎么了啊！家里有事母亲现在脱不开身，让我过来照顾你。你说说话啊，父亲！"

这时候，医生进来看了看情况，拍拍他的肩膀说："别太担心了，他得了丹毒，所以脸上才那个样子。尽管现在看来还非常严重，但请不要放弃。你来了那是更好了，好好照顾他。"

至此之后，西西罗开始照顾父亲，事无巨细。病人有时也看向他，但是眼神很浑浊，不知道在想什么。不过每次注视的时间都比前一次更长。西西罗没事的时候会跟病人讲起家里的事情，说着母亲和妹妹们的事情，他们都急切盼望着父亲的归来。有时候，说着说着，西西罗就会掉眼泪。每当这时，病人总是会一直凝视着他。

后来，病人越来越依赖西西罗，每当他醒来，总会先寻找旁边看护的身影。西西罗为此感到非常高兴，并且不断鼓励父亲早日恢复健康。就这样过去了四天，病人仿佛已经撑不住了，病情忽然恶化。护士送来的药和食物，病人一定要西西罗喂他才肯吃。

这天下午，西西罗擦着眼泪，忽然听到门外传来一阵急切的脚步声，还有说话声：“再见，护士小姐，非常感谢这段时间的照顾!”西西罗一下子激动地跳了起来，迅速地冲到门口：“父亲!”

那个人手臂上缠着白色的绷带，转头看了下，也惊讶地叫起来：“西西罗!”他急忙跑到好久不见的孩子身边抱住了他，“西西罗！你跑到哪儿去了！你妈妈说你早就来医院了，可是我却一直没有看到你！担心死我了！你怎么了，西西罗？看起来怎么像得病了，脸色这么不好?”

西西罗一瞬间有点愣神，什么话也没说出来。

“看来你是认错人了，啊，还好你没事！母亲和你的妹妹们怎么样？我已经可以出院了，事实上，我正要出去，走吧，我们一起回家。现在虽然有点晚了，但是加紧赶路的话，还是能够在天黑的时候到家的。”父亲牵着他的手，正准备离开，可是西西罗却没有动。

“西西罗，怎么了?”父亲疑惑不解地问。

西西罗看着那个病人，病人也看着西西罗，眼眶里仿佛要流出什么东西似的。

“父亲，我暂时还不能走。这段时间，我把那个人误认为是你了，我现在已经没有办法离开他了，你看他看我的眼神，如果没有我照顾他，就再也没人来照看他了。父亲，请让我暂时留下吧!”

父亲也犹豫了。他的眼神在儿子和那个病人间徘徊，然后问了问护士：“他是什么人啊?”

“他和你差不多，都是从农村来的，刚从外面打工回来。刚来的时候病得很严重，几乎休克了。好像家里人都不在附近，所以也没人来照顾他，他肯定是把你的孩子认作是他的了。”

病人始终没有反应，只是看着西西罗。

“那你就留下吧，孩子。记得照顾好自己，我得先回去给你母亲报平安，给你几块钱当零用，遇到突发情况也好应对，再见！”父亲说完吻了吻儿子的额头，转身离开了。

西西罗坐回原来看护病人的地方，病人也放松下来。西西罗一直陪伴着病人，病人的眼神也不离开他。后来，渐渐地，病人的眼睛开始缩小了，瞳孔也变得昏暗起来。西西罗仿佛意识到什么，紧紧地握住了病人的手，病人仿佛花费了仅剩的全部力量睁开了眼看了看西西罗，最终闭上了。

“他去了！”西西罗泪水一下子夺眶而出。

“唉，你也回去吧，孩子，你是个好人。”

护士开始收拾病床。她将窗上的一束花取出来送给了西西罗：“请收下，就当做是纪念吧。”“谢谢！”西西罗擦着眼角，“但是我回家的路很遥远，花儿会谢掉的。”他想了想，随后将花朵放在了已经死去的病人枕头旁，“非常感谢医生和护士小姐这几天的照顾！这束花就当做纪念吧。谢谢大家了。”他收拾起自己的包裹，随后对着死者说：“再见了！”

就要走到门口的时候，他好像突然想起什么，转过头对着死者说“再见了，父亲！”说完转身离去。而外边，阳光已经破开黎明的黑暗，给大地套上了明亮的光辉。

微点评

两条平行线的偶然交集，让彼此的人生多了一份感动。就像本来写好的剧本，拐一个弯，便生动许多。谁忍心拆穿美丽的谎言，继续下去，就是正确的。每个人都是一盏灯，病人终究不是黯然归去，另外一盏灯给了他一路光辉。

学监拉波佐

【巴西】**梅德罗斯·阿尔布克尔克**

不过，有一件事倒是例外，他对儿子总是很大方，从衣着到各种各样的课本文具，只要儿子需要，他就要买，还每半个月带儿子出去游玩，就连我们都很惊讶，那25块钱竟能干这么多的事儿。

说起拉波佐，就不得不提起他的前任格麦思，一个秃顶的矮老头。在担任学监的十五年里，他积累了丰富的经验，对付起学生们来早已是驾轻就熟，是个让所有人都看不透的家伙，那张脸似乎永远都是同一个样子，从没变过，就连像福尔摩斯这样的侦探要想从那张脸上看出他的喜怒哀乐，恐怕都要费几分力气。

有时候他仿佛一副心不在焉的样子，要是你以为可以松懈，那就大错特错了，实际上他正暗中观察着那些蠢蠢欲动的学生呢。最不可思议的要数他睡觉的本事了，他常常喜欢把两个胳膊支在桌子上撑着脑袋，两只手恰好挡住眼睛，让人分不清他到底是睡着还是清醒。

后来，我们和格麦思之间爆发了严重的冲突，起因是我们的一个假日就因为他向校长提议取消而泡汤了。大家一听到这个消息，便群情激愤，决定组织一次“无声抗议”，大家说好上自习课时，什么也不干，就一起盯着格麦思的秃顶，好让他知道我们也不是好惹的。

按照计划，一百二十名学生像往常一样回到教室，格麦思也在讲台上的老地方坐下，教室里很安静，一个人也不动，格麦思感到了异样，用他那锐利的眼神扫视着教室里的学生，接着大喊一声“念书！”。不料，大家依然目不转睛地齐齐盯着他的脑袋。他胸口起伏着，满脸涨得通红，一个劲儿地叫着“念书”、“念书”，好像一头被激怒的野兽，要把我们吃掉似的。后来，局面完全失去了控制，格麦思发狂一般要动手打人，大家见势也都一下子冲过去，结果把格麦思包围着狠揍了一顿。这倒霉的学监从此离开了学校。

不久以后，拉波佐作为继任的学监来到学校，自然也就引起了特别的关注，大家原本就对新的学监抱着极大的好奇，见到他本人之后，就更津津乐道了。他不但不像格麦思那样，长着一副强硬又狡诈的样子，反而看起来倒像是个好欺负的角色。他是个老头儿，又高又瘦，留着胡须，面色苍白，弱不禁风似的，那双眼睛里满是悲哀和忧虑，让人看着就感到有些莫名的辛酸，他穿的也都是旧衣服，但好在干净整洁，让人觉得不乏风度。

渐渐地，大家也了解到拉波佐的一些情况，听说他年轻的时候，曾在政治界大展宏图，热情积极地参与政治活动，在新闻界也颇负盛名。谁知道，也不知是什么原因，他就一下子消沉下去，好像那股热情的火花一下子给浇灭了，周围的人十分诧异，没人能把这件事解释清楚。

但事实就是如此，仅仅一年，他的事业完全荒废了，妻子也去世了，他陷入了极为艰难的境地，只能把全部的希望都寄托在儿子身上。拉波佐原想找老相识帮忙找个能维持生计的工作，却到处碰壁，于是他决定去一个没人认识他的地方寻找新的出路，最后他找到我们学校，说愿意只拿二十五元的月薪，只要他的儿子能在这儿上学，校长便应允了。

就这样，他的儿子，我们一般称呼为小拉，便成为了我们班上的一员。我还记得，他来的时候是十二三岁的年纪，黑头发、黑眼睛，看起来就很温和友善，又有一种说不出来的儒雅气质。刚开始的时候，大家因为他是学监的儿子，总是对他抱有戒心，担心他会给学监当密探，不过后来大家也都接受了他。

虽说如此，他和我们在一起的这五年，过得也并不容易。拉波佐非常认真敬业，为了扫除所谓“密探”的传言，他有时一个星期都不跟儿子说话，只在早晚的时候，当着大家的面给儿子一个祝福的吻。为了不让人家说自己偏袒儿子，他甚至会有意惩罚自己的孩子，尽管这时，他那双眼睛里满是泪水，也只能默默承受着痛苦，因为只有这样，他才能保住自己的饭碗，让儿子继续学业。

不幸的是，学校里还是有些孩子讨厌小拉，他们都是些痞子、捣蛋鬼，其中领头的就是69号，绰号“黄鼠狼”，他经常搞些恶作剧，让小拉难堪。有一次，安静的教室里突然有炸炮的响声，学监再三问是谁干的，也没人承认，“黄鼠狼”这时一脸坏笑地站起来说：“我要揭发，就怕您不能公正处理！这是您的儿子小拉干的！”

拉波佐听了，那表情真说不出是惊愕、痛苦还是无奈，他满眼忧伤地望向儿子，命令他去罚站，教室里有点骚动，大家都觉得不公平，因为那响声明明是从离小拉很远的地方发出来的。

这时，坐在小拉旁边的63号站起来说“是我干的！”，边说边狠狠地瞪了“黄鼠狼”一眼，好像在向他示威。小拉波佐看了一眼同桌，用很低的声音说：“先生，他是在替我承担责任，是我干的！”说着便站起来往教室后面走，不料真正犯错的人也站起来承认了，大家都看着拉波佐，猜测着他会怎么处理，教室里极其安静，拉波佐显得有点不知所措。

最后，他还是坚持让小拉波佐去罚站，理由是不但他自己承认，而且还有人揭发。大家更加义愤填膺，都用谴责的目光盯着“黄鼠狼”，空气的热度好像都因此而上升了。下课之后队伍一解散，我们就一起冲过去把“黄鼠狼”揍了一顿。

正所谓“路遥知马力，日久见人心”，经过长时间的相处，大家都觉得拉波佐的确是个不错的学监。他有学识，对我们也很亲切，每当向他求教，总能有不小的收获，而且处理事情也力求妥当，于是大家也就不再像以前那样，把学监当做愚弄讽刺的对象。

相反，大家都不得不承认他身上有很多美德。

比如说，他还很节俭，那件旧外套就整整穿了三年，为了保护它，坐卧行走都要加以小心。有时候，他为了省钱连头发也不剪，尽管他仍能保持干净整洁，大家还是觉得，如此节俭真是令人震惊。不过，有一件事倒是例外，他对儿子总是很大方，从衣着到各种各样的课本文具，只要儿子需要，他就要买，还每半个月带儿子出去游玩，就连我们都很惊讶，那25块钱竟能干这么多的事儿。好在小拉也确实很优秀，不但聪明、而且勤奋，成绩一直不错，最后的毕业和升学考试，更是一鸣惊人。

快要毕业的那几天，学校里又传出了新的消息：小拉竟然要在学校当老师了！他要一边攻读医学，一边兼任历史老师，尽管没有薪水，但校长同意把拉波佐的工资提高一倍，难怪拉波佐那几天满脸笑容。

对于毕业班的我们来说，最期盼的莫过于为欢送毕业生而举行的庆祝会了。想必各位也大致了解这类庆祝会，学生和家长聚集在一个宽敞的礼堂里，里面演奏着音乐，校长、教师和学生代表依次致词。不同的是，我们学校会为每个毕业生颁发一本学习成绩册，里面有所有的成绩、毕业的合影，还有老师的赠言，而且包装得非常精美。颁发的过程也很隆重，学校秘书要一个个喊学生的名字，由校长亲自颁发，之后还要在学生前额吻上一下，然后学生们就会回到家长身边，亲热地拥抱庆祝。

庆祝会那一天热闹极了，礼堂里坐满了人，大家都穿着得既漂亮又体面，热烈地讨论着什么。在人群当中，我们发现，拉波佐简直变了个人一样，他穿着黑色的外套、浅色的裤子，领带很讲究，皮靴闪闪发亮。不只如此，那张脸也从来没有像那天一样有生气，他理了头发，刮了胡子，眼睛里的悲哀消沉一扫而光，显得炯炯有神，整个人都闪烁着胜利者的光芒。不过，似乎也不是每个人都高兴，一边的“黄鼠狼”就满脸怨恨不满的表情，我们猜测那是因为听到了小拉要当他们老师的缘故吧。

最激动人心的要属颁发成绩册的环节了。这时候校长打了个手势让我过去，说让我帮忙找拉波佐先生，因为快到给他儿子发成绩册了。我看了一眼台上，马上就要轮到小拉了，于是赶快到各个地方去找拉波佐，什么寝室呀、食堂呀、校园呀，就是没有，到处询问周围的人也没人看见，绕了一圈回来，发现校长及时地跳过了小拉，把他安排在最后一个上台了。

最后，我终于在一个隐蔽的地方发现了他，你简直没法想象他当时的那种窘态。我是在实验室门锁的小眼里看见他的，他穿着很整洁笔挺的上衣和外套，下面却没穿裤子，而是短裤，裤子挂在胳膊上。我正诧异着，却发现他正从通向会场的门锁里向里面张望。

至于这是怎么回事，我是后来才弄明白的。那天，心怀怨恨的“黄鼠狼”故意用墨水偷偷弄脏了拉波佐的裤子，当他一脸欢喜要进会场时，有人提醒了他，“哦！天哪”，拉波佐的眼泪一下子流了出来，赶紧跑到物理实验室，用刷子使劲儿擦着墨迹。那情景，我只是想象着都觉得可怜。会场上洋溢着那么庄严而欢乐的气氛，所有的父母都等待着为完成学业的儿女们庆祝，和他们拥抱和亲吻，而这个高瘦的老头却只能躲在这儿，真是既可笑又可悲。

最后，其他人都领过了成绩册，拉波佐还是没有到场，校长无奈之下，只好叫小拉了。校长照例把成绩册交给他并在他前额吻了一下，还高声宣布他将在此担任教师，校长热情地赞赏着他的种种优点：学习勤奋，胸怀大志，有良好的品德修养……整个庆祝会达到了高潮，满场都是此起彼伏的掌声，乐队也演奏起欢快的音乐。可是，小拉站在那儿却脸色苍白，眼神飘忽，他焦急地寻找着父亲的身影，激动而又不安好。

然而，小拉不知道，此时他的父亲正从门锁的小眼里目不转睛地注视着他，为他骄傲着，留下了激动的热泪，那泪水里又混合了悲伤、遗憾、无奈种种复杂的情感。拉波佐下意识地伸出双臂，想要紧紧抱住儿子，他是多么希望小拉此时能看到他啊！眼泪依旧抑制不住地流在那瘦削又有些苍老的脸颊，他不自觉地拿起那条满是墨迹的裤子擦去泪水。

微点评

对小拉“铁面无私”的人是父亲，站在幕后擦泪的也是父亲。每一次成长的背后，都是的一场默默的目送。是动人的，是深邃的，情到浓处，都成了鬓角银丝。

无论

爱

与

不爱

只 有 这 辈 子

长成大树，愿为你遮风挡雨

每一次出远门，行李包里都是整洁的衣物，那是老妈的味道；登上远行的路途，总有老爸的背影，走得再远，不曾改变。

四个月来，没有美梦

【意大利】**亚米契斯**

四目相对，直到这时候，父亲才知道儿子的精神为何如此衰弱。那在纸上来回刻画的笔，就像一把尖锐的刀子，在父亲的心头刺着责备的语言。

谢雷欧十二岁，就读小学五年级，白皙的肤色显得发丝乌黑。他的家庭还有好几个小弟弟、小妹妹，父亲不过是铁路局的小职工，要支撑起这个家，有点辛苦。但是，他仍旧爱着他们，尤其是谢雷欧。身为长子，父亲对谢雷欧抱以期望，期盼他学业有成，日后找个好工作，填补家用。

父亲承担着一家人的重担，随着年龄增长，饱经风霜的他满脸憔悴，越显苍老。除了每天的正常铁路工作外，晚上还兼职抄写工作，每晚都必须工作到很晚。最近，他为一家杂志社工作，给杂志订户写签条，每五百张六毛钱，必须用正楷用力地写。辛苦的工作使父亲眼睛疲劳，他总会在吃饭的时候向家人诉苦："这工作损害我眼睛，还折了我的寿命啊！"父亲的辛苦谢雷欧都看在眼里，他想要帮父亲分担抄写的工作，都被拒绝了："你现在的任务是认真读书，我不想浪费你一时一刻。"

父亲的坚决谢雷欧再熟悉不过了，他知道请求没用，只好自己默默地寻找方法。他发现，当十二点的钟声一响，紧随着便是父亲拉动椅子的声音。然后，谢雷欧听到，父亲的脚步声越来越小，最终在他的卧室里消失。

这天，夜深了，十二点的钟声响起，父亲回房休息去了。谢雷欧像个小贼一样，蹑手蹑脚地来到父亲工作的房里。他点着煤油灯，看到了桌子上那一沓签条和订户名册。谢雷欧坐了下来，模仿父亲的笔迹写了起来。他紧张极了，生怕父亲忽然出现。同时他也很兴奋，可以为父亲分担辛劳。

抄写过的签条越来越多，谢雷欧有点犯困，随即振奋起精神，继续写下去。他还得竖起耳朵听着外面的动静，防备父亲随时出现。十张、二十张、……一百六十张，谢雷欧写了一百六十张，可以换两毛钱了！他停下手中的笔，整理好桌子，又像个小贼一样，蹑手蹑脚地回房去了。

隔天，全家人吃着午饭，父亲面带喜色地对谢雷欧说："谢雷欧，你爸爸昨晚比平常多完成了三分之一的工作量啊！看来我还行，不老，灵活，眼睛也很好使呢！哈哈！"听了父亲的话，谢雷欧心中甜滋滋的：原来父亲不但没有发现，还因此高兴呢！谢雷欧决定瞒着父亲，继续做下去。

就这样，每天晚上，十二点的钟声一响，父亲的身影便变成了谢雷欧的身影。几天过去了，除了感觉灯油用多了以外，父亲什么也没发现。谢雷欧很高兴，继续着他每晚的“抄写工作”。

时间一久，谢雷欧的精神越来越差，必须趁着每天晚上复习功课的时候打个盹儿。有一天，复习中的谢雷欧竟然酣睡过去，趴在书本上。父亲发现了，将他拍醒。可是情形并没有变好。谢雷欧的样子越来越疲倦，复习的状态很差，甚至呼呼大睡。或者，有好几个早上，谢雷欧竟然起不了床。谢雷欧的变化父亲都看在眼里，前几次他会提醒，直到后来，连平日里不责备孩子的父亲都动怒了。

父亲失望地斥责谢雷欧：“你怎么变成这样？谢雷欧，你的身上寄托着全家人的希望，难道你不明白吗？”谢雷欧从未令父亲这样失望过，也从没有受到父亲如此愤怒的责骂。他很伤心。他暗暗决定，抄写的事情必须停止，不能继续下去了！

谢雷欧准备停止抄写工作了。这天，父亲大笑地走进家门，拿出了一袋糖果，对孩子们说：“孩子们，今天我们来庆祝一下，爸爸我这个月多赚到了六元四毛钱！”家庭的气氛兴奋而融洽，谢雷欧舍不得打断它。为了让这种气氛延续下去，谢雷欧决定继续帮忙父亲抄写签条。忽然，父亲看着谢雷欧，用一种失望的眼神，说：“可惜你太不争气了。”这句责备击打着谢雷欧，他心寒了一下。但看着父亲和弟弟妹妹们的笑容，他决定，即使被父亲误解，也要维持这个美丽的谎言。

两个月过去了，谢雷欧的状况一天比一天差，父亲的态度也一天比一天凶。后来，父亲找到了学校，老师对他说："谢雷欧最近不比以前勤奋了，甚至上课时也会打瞌睡。要不是因为他聪明，成绩早该一落千丈了。"父亲听了这话，很生气。他回到家，严厉地斥责谢雷欧："谢雷欧！你到底怎么了？我那么辛苦地工作，全是为了你们！你却一点也不替我、不替这个家着想。"

谢雷欧弱小的身躯颤抖了一下。看着眼前愤怒的父亲，谢雷欧真想全盘托出。但他忍住了，比起学校的功课，减轻家庭给父亲的重担才是最重要的！谢雷欧哽咽着，他恳求父亲理解并原谅自己。父亲哼了一声，转身离去。

时间继续走着，每天夜里的工作加重了谢雷欧的疲劳。父亲看着精神不振的儿子，愤怒，但更多的是冷淡。谢雷欧觉得父亲渐渐远离了自己，这是他最不愿意看到的：似乎父亲对自己已经彻底失去了信心。谢雷欧伤心欲绝，脸色越发黯淡，学习也越来越不在状态了。

每一个夜晚，他都告诉自己："不要继续抄写了！"可是，当十二点的钟声响起，一股不可抗拒的力量拖着他起床，将他拉到了父亲的书桌前。帮助父亲已经成了谢雷欧的责任，要是没完成这件事，他会感觉自己像犯了错一样，浑身不舒服。

谢雷欧的皮肤毫无血色，黯淡，发青，像一个孱弱的病人。这天，母亲感觉到谢雷欧脸色不对，着急地问：“谢雷欧，你怎么了？”父亲听到母亲担心地询问，冷冷地说：“天知道他最近都在干么。看看他之前认真读书的时候，会发生这种事吗？”

母亲始终放心不下，觉得谢雷欧可能生病了。但是父亲依旧冷漠，置之不理。这触痛了谢雷欧的心，就像用刀子割着一样疼。想起以前，谢雷欧只要一咳嗽，父亲都会着急地问东问西。如今，他竟然不理睬自己了！想到父亲对自己的爱正在消失，谢雷欧害怕、痛苦，他在心中对着父亲呐喊：“不要这样，爸爸！我会把所有实情都告诉你的，只要你能继续疼爱我。不能再这样下去了！”

谢雷欧的决心仍然敌不过他的责任心。每天半夜，这个小贼一如既往地偷偷起床，偷偷来到父亲工作的房里，偷偷地拿起笔，一笔一笔地、用尽全力地抄写着。忽然，“咚”的一声，谢雷欧的手碰到了一本书，落地了！这突如其来的声响吓坏了谢雷欧，他屏息静听，确定没有人发现他的动静后，才安心地继续抄写。

可是，什么时候起，谢雷欧感觉身后有颤抖的抽泣声。他缓缓地转过头去，看着坚强的父亲流下两行热泪，像木头似地呆立在自己背后。

四目相对，直到这时候，父亲才知道儿子的精神为何如此衰弱。那在纸上来回刻画的笔，就像一把尖锐的刀子，在父亲的心头刺着责备的语言。父亲懊恼不已，望着热泪盈眶的儿子，用力地将他抱紧，只听到耳边传来不断的道歉声：“爸爸，我错了，你原谅我……”

“儿子，应该是你原谅我！是爸爸对不起你，爸爸误会你了。”

父亲不希望在家人面前流泪，他颤抖着抱起谢雷欧，来到母亲床前，对母亲说：“可怜的谢雷欧，可怜的孩子。他为了分担家庭的负担，没有好好睡过一次觉。四个月了！可是呢，我却一直误解他，还骂他……”父亲低下了头，眼泪流过昏暗的脸颊。母亲将谢雷欧紧紧地抱在怀里，抚摸着他乌黑的头发，心疼地说：“好孩子，快快睡觉吧。”

在母亲的怀里，疲惫的谢雷欧沉睡过去。四个月来，他从来没有享受过美梦。

隔天，谢雷欧从梦中醒来，温暖的太阳洒满整个屋子。他要起床的时候，发现身旁躺着一个人，发丝在阳光的照耀下银白如雪。这是父亲，他的头贴在儿子的胸口处，温暖地沉睡着。

微点评

父爱宽广，子女孝感动天。一个人爱别人，同时也被别人爱，那么这个人是最幸福。

母亲，放心养病吧

【意大利】**亚米契斯**

母亲，你的药喝完了吧？要是完了，我再到药店去买点。柴已经都放好了。等四点我再去烧肉。还有卖牛油的还欠着他八个铜板，等他下午走过店门时，我会还他了。你就放心地养病吧，这些事我都会做好的。

昨天被父亲斥责，今天我还有点闷闷不乐。

母亲让我和门房的儿子出去散散步。我们两个来到了河边，正走着，听到有一个人在喊着我。我转过头去，在一间店铺前停着一辆货车，货车旁边一个孩子正满头大汗地扛柴。正是柯林得，他擦了擦脸上的汗，向我打着招呼。货车上有人将一捆柴递给了他，他急忙接住，送回店里去了。

我向柯林得问了好，并问他在忙什么。他一边忙着送柴，还笑着向我喊说：“我在复习功课呢！”听他这么说，我还真想笑呢。不过我仔细一听，还真听到他嘴里在念着昨天学习的内容。他一边抱着柴走进店里放下，一边念着动词的应用规则。他就这样来来回回赶了好几趟。

我走到他旁边，看着他跑来跑去，还一边对我说：“我父亲有事不在家，母亲卧病在床。没办法，我只好来帮忙做点事情。可我也不能耽搁功课啊！今天的语法很难呢，我怎么都记不住！啊，我真是忙啊！”他说完，随即转向运货的人说：“我父亲说等他七点回来的时候再算钱。”

货车离开。柯林得请我进去他店里。我走了进去，店里堆满了木柴，旁边放着一个大秤。柯林得没空招呼我。他拿着扫帚，将飘落一地的柴屑和枯叶扫干净，还不忘和我说话：“真是非常忙，一刻都停不下来！刚才想作文，忽然有客人来访。等客人走完，还没来得及拿笔，货车又来了。刚刚赶了两趟柴市，跑得手脚都酸了。这时候只怕连画画都画不成了。”

我问柯林得他平时读书的地方在哪儿。他带着我走到了店铺后面的一间小屋子。这件小屋子是用来煮饭和吃饭的，屋子里的桌子上有许多本子和书本。他拿起一份作业给我看，对我说：“你看，我第二题还没做完呢！……用皮革做的还有什么呢？我已经写了靴子、皮带，还需要一个……”他咬着笔思考着，忽然大喊一声：“有了，皮袄！”

忽然，外面有人喊着："有没有人在呢？要买柴呢！"柯林得急忙回应，跑了出去。他利索地称柴算钱，还在账簿上记好了账。完事后，他急急忙忙跑回来，拿起笔，说："不行，一定要赶快将作文写完。"他的笔动了起来。可还没有写几个字，他又咋咋呼呼地喊着："啊，咖啡熟了！"说完急忙跑到暖炉旁将咖啡取出来，还一边不停地说着："我现在已经会煮咖啡了，这是煮给母亲喝的。我们一起拿给我母亲吧，她看到你一定会很开心的！唉，她已经在床上躺了一周了！对了，告诉你，为了煮一杯咖啡，我被烫了好多次手呢！——啊，士兵的背囊，士兵的背囊，后面该接什么呢？我现在真是想不出来。算了，先拿给母亲喝了再说吧！"

柯林得带着我来到了他母亲的卧室里。她躺在床上，头上包着一条白头巾。看到我来，她欢喜地迎接，笑着对我说："好孩子，你是来看我的吗？"我微笑地点了点头。

柯林得扶起他母亲，点燃了炉子里的火，将箱子上睡着的猫赶了出去。他母亲接过咖啡，慢慢喝了起来。

柯林得在旁边问着："母亲，你的药喝完了吧？要是完了，我再到药店去买点。柴已经都放好了。等四点我再去烧肉。还有卖牛油的还欠着他八个铜板，等他下午走过店门时，我会还他了。你就放心地养病吧，这些事我都会做好的。"

他母亲欣慰地对柯林得说："幸好有你在呢！好了，你去忙了，小心点。拿一块方糖给你的小伙伴吃啊！"我和柯林得准备出房间了。他指着他父亲的相片给我看。他父亲身穿军装，胸口挂着一个勋章，柯林得说是跟随亲王的时候拿到的。他父亲的样子和柯林得真像，两个眼睛充满活力，一脸笑容。

我们走回厨房。柯林得急忙拿起他的笔记本，在上面写着“马鞍”两个字。他高兴地说：“马鞍也是革做的呢！唉，今天晚上又不知道要做到几点才能睡觉了！像你那么幸福，有时间读书，还有时间可以出去散步……”

他话还没说完，又急急忙忙跑到外面，将柴放在台上，拿着锯子锯着。他兴高采烈地说：“这也是我的体操呢！只是和学校里的不一样而已。等我锯好柴，父亲回家一看，准会很高兴的。不过，每一次锯完柴，再拿起笔来写字的时候，总是写得歪歪斜斜，像蛇一样。没办法，只好明天跟先生承认了。真希望母亲的病赶快好。今天已经恢复很多了！好吧，明天天一亮就起床准备语法！”

他正说着，又一辆载满木柴的货车来到了。柯林得急急忙忙跑出去，还没忘了转过头对我说：“啊，我没时间陪你玩了。今天很高兴见到你，明天再见啊！你要好好散步啊，真羡慕你！”

他说完就跑了出去。我看到他在店和货车之间来回跑着，手脚敏捷，大汗淋漓。这情景让人看了，顿时觉得精神百倍。柯林得，你才是真幸福呢！你一边劳动，还一边勤奋读书。你既可以替父母分担重担，还可以为自己的功课负责。柯林得，你是最勇敢的人！

微点评

长大需要学着承担，像一棵大树一样，开出纷繁的枝叶，为脚下的土地遮风挡雨，为后方的花草承载雨露。怀热忱的心，做有爱的事。

铃兰花开

【南斯拉夫】**沃兰茨**

夜晚躺在床上，我辗转反侧，无法入眠，脑海里一边是“地狱”那黑乎乎的入口，一边是母亲那忧愁惋惜的面容。母亲想要的铃兰花却生长在“地狱”里，这是多么让人无奈的事情啊。

我父母都是虔诚的教徒，在这样的家庭环境影响下，我觉得一切与宗教信仰有关的词语，都有着神圣意义，特别是“地狱”这个词。因为小时候父母对我进行宗教启蒙教育的时候，第一个教我的词就是“地狱”，后来在教堂参加活动时，听到最多的也是它，牧师总是说如果谁犯了错，死后就会进“地狱”。这个词在我心中代表的是邪恶和混乱，是坏人才会待的地方，一想到它，我就觉得害怕。

可是，我们家附近的一个洼地，大家也都叫它“地狱”。那地方紧靠着我们家的地，黑乎乎的，显得很阴森，里面一眼泉水日夜不停地流着，哗啦啦的声音更是瘆得慌。很少有人去那里，我更是避而远之，总认为那里有什么古怪，觉得里面或许真的有一扇门隐藏在洼地底部或者沟谷里，能够通向真正的地狱，所以我从来都不敢靠近它，甚至远远地看见就会躲开。

然而，在我即将六岁的那一天，我还是迫不得已地去了那个地方。父亲说那里的牧草长得茂盛，要我赶着母牛去那里放牧。这对我来说真是一件残忍的事情，我极力推脱，想让父亲放弃这样的想法，可是父亲丝毫不为我所动，还笑着说："小鬼，这可不是真的地狱，里面没有鬼，放心去吧！"母亲看出我的异常，帮忙劝着父亲，可是这也根本改变不了什么，我只好赶着牲口，心慌意乱地朝着"地狱"前进。

我不敢靠近那里，几乎是一步一步地向前挪着步子，在拖延着时间，希望母牛在去往"地狱"的路上就已经吃饱，然后我就可以顺理成章地赶着它们回去，而不必进"地狱"。可是，天不遂人愿，母牛很快就发现前方的草更嫩，它们开始大踏步地朝着"地狱"的内部走去，我怕它们走丢，只好无奈地跟上去看着。

走到门口，我不敢进去，看着它们消失在洼地里，心有余悸，在"地狱"的底部坐下来，周围凉飕飕地，泉水一个劲儿地流着，越发衬得洼地里安静。我不敢回头，坐在那里胡思乱想，越想越害怕，终于控制不住，"哇"地哭出声来，跑出洼地，直向着父母耕地的方向冲去。

他们看见我哭成这样，大吃一惊，异口同声地问我发生什么事？

我假装惊慌地说牛消失不见了。

父亲的脸一下子黑下来，可是很快，他冷静地下来，朝我挥着手说："丢了就丢了，是在哪里丢的，你带我去看看。"

我很内疚，但是也只好领着父亲去洼地。等走到洼地附近的山坡，我知道，什么都瞒不住了，因为我已经看见母牛们在下面悠闲地吃草。父亲难以置信地看着我，数了数牲口，九头母牛，一头也没少，他奇怪地问我："你睡迷糊了吧，小鬼，牛明明都在这里嘛！"

我没说话，安静地站着。父亲觉得不对劲儿，突然他恍然大悟般地拍了拍脑袋，伸手揪住我的头发使劲儿一推，我还没反应过来，就顺着山坡滚了下去，只听见耳边传来愤怒的声音："小子，你还学会撒谎了！"

我害怕极了，怕真的在这里撞开通往地狱的门，再也回不来了，就撕心裂肺地哭喊着，一路滚到了正在吃草的母牛中间。又哭了好一会儿，我觉得眼泪都流干了，浑身直抖，才慢慢地平静下来。可是牛还在吃草，又被父亲骂过，我不敢回去，一分钟一分钟地熬着，直到天黑，整个洼地被夜幕笼罩了，才赶着牛群回去。

到家的时候，我狼狈极了，衣服上全都是土，胳膊和腿上也是，脸上眼泪流过的地方和土混合，形成一道道的泥沟。父亲看着我笑出了声，母亲则一边心疼地为我擦着身上的泥土，一边责备父亲。估计是被我的表现吓着了，此后，父亲果然没有再叫我去那里放牧，但是我心里对"地狱"的恐惧，因为这一次近距离接触，反而更严重了。

一个星期六的下午，父母坐在门槛边上聊天，母亲看上去似乎忧心忡忡。只见她怅然若失地抬头看了看天空说：“明天要去教堂做礼拜，却不能带一束铃兰花，真遗憾啊！”父亲随意地搭了一句：“现在铃兰花的花期已经过了，除了‘地狱’，怕是哪里都找不到了。”

听见父亲说到“地狱”，我一惊，又想起了我上次去那里发生的事情，这么长时间，我没有再去过那，内心对它的恐惧却并没有因此减少。夜晚躺在床上，我辗转反侧，无法入眠，脑海里一边是“地狱”那黑乎乎的入口，一边是母亲那忧愁惋惜的面容。母亲想要的铃兰花却生长在“地狱”里，这是多么让人无奈的事情啊。

第二天，天还没亮，我就爬出了被窝，蹑手蹑脚地出了家门，路过隔壁房间看见父母都还在熟睡，今天周日，他们不用早起去干活。昨天晚上临睡前，我已经作出了决定，一定要帮母亲摘到铃兰花，就算是要去“地狱”，我也要去试一试。

一出门，就看见朝霞火红火红的，镶在天空上，像给天空系了一条火红的围巾。太阳在朝霞的烘托下，一点点地露出顽皮的脑袋，阳光洒在地上，一片金黄。地上的青草和树木上是点点露珠，圆滚滚的，像一颗颗饱满的珍珠，远方的晨雾在一点点地散去。这真是一个美好的早晨。

我甩了甩头发，假装镇定，步履轻盈地朝“地狱”的方向进发。路上经过那个山坡，我还是有点恐惧，尽量不往“地狱”看去，只看着脚下的路一个劲儿地走。铃兰花一般都长在岩石旁边，我必须走到“地狱”底部的岩石那里，才有可能找到它们。

走了很久，我的眼前突然出现一片铃兰花的花海，芳香四溢，每一朵铃兰花都生机勃勃，尽情地开放着。我被这景象惊呆了，愣了一会儿，上去挑最好看的铃兰花，采了一大把。刚才只顾摘花，忘了这是在“地狱”里，现在准备走了，我只听见泉水淙淙地流淌着，发现整个洼地里阴森森的，老觉得有什么东西在某处看着我。我又开始恐惧了，赶紧抱着花跑出了这片洼地，一路飞奔着回了家。

刚跑进院子，就看见母亲从屋里出来，她正准备出门去教堂。这时，太阳已经升得老高，阳光照在院子里，五彩缤纷，洒在母亲身上，显得她像仙女一样端庄。我冲过去，将花塞给母亲：“妈妈，我给你采的铃兰花，漂亮吗?”

母亲接过花，十分惊喜，将脸埋在花束里，使劲儿地嗅了嗅，一转眼，却惊讶地摸着我的脸：“我的孩子，你怎么哭了?”

原来刚才我在“地狱”里被吓出的眼泪还没有干呢，却只顾得把花送给母亲，都忘了将它擦干。母亲一愣，猜到我是在哪里采的花，心疼地把我抱在了怀里。

微点评

小时候的脑袋里总是住着魔鬼、小偷、疯子、地狱，那是大人给小孩创造的神奇世界，那里住满了荒唐和恐惧，跨过去，就是最勇敢的成年礼。这里没有什么秘诀，只是爱如约而至，恐惧拔腿就跑。

再辛苦我们也不怕

【意大利】**亚米契斯**

姐姐快乐地搂住母亲的脖子，继续说：“什么事都愿意做呢！只要能帮助父母亲，看到你们重新找回以前的快乐，再辛苦，我们都不怕！”

我的母亲是一个大大的好人，还有我的雪薇姐姐，也和母亲一样为人善良。我昨晚正在抄写每月例话《六千英里寻母》中的一段，忽然姐姐来到我的房里，轻声地对我说：“告诉你，我刚听到父母亲在谈话。我不知道他们说什么，但我听到母亲在安慰父亲，感觉是发生了一些不幸的事。母亲说家里遇上困难了，就是说家里的钱已经快用光了！我听到父亲说，要做出一点牺牲才可以。现在，我们去找母亲，告诉她我们也要一起做点牺牲，怎么样？姐姐希望你能赞成我，不论母亲要求什么，都去做，好吗？”

我还没说话，就被姐姐拉到母亲那里了。母亲在做针线活，但心不在焉，似乎在思虑着什么。我和姐姐坐在椅子上，姐姐说："母亲，我，不，我们有一句话要对你说。"

母亲抬起头，讶异地望着我们。

姐姐说："我知道，父亲说过，我们家已经快没有钱了。"

母亲听到姐姐的话，脸微微发烫，说："是谁告诉你们我们家已经快没钱了？"

"我当然知道。母亲，如果要做出牺牲的话，我和安利柯弟弟也一起。你上次说五月过后会给我买扇子，给弟弟买颜料盒。现在我们不要了，都不要了。母亲，你们别再惦记着给我们礼物了。"

姐姐等不及母亲回答，继续说："对，就是这样！母亲，家里已经快没钱了，我们不需要吃什么水果，有一口汤喝，早餐能吃个面包就足够了。你看，这样可以省下一笔钱呢！你们以前对我们太好了，其实这样子我们就满足了。是吧，安利柯？"姐姐动了动我，我急忙点了点头。

母亲要开口说话，姐姐又急忙打断她，说："还有衣服。我们不要什么好衣服了，这些都可以牺牲掉，而且我们一点也不会难过。将别人送的东西给卖了吧。我们还可以每天帮母亲做一点事情……"姐姐快乐地搂住母亲的脖子，继续说："什么事都愿意做呢！只要能帮助父母亲，看到你们重新找回以前的快乐，再辛苦，我们都不怕！"

母亲脸上浮现幸福的红晕，这是我前所未见的愉悦。她吻着我们的额头，也是前所未有的激动。她不再说什么，两行泪水从眼眶缓慢流下。母亲开心地抱着我和姐姐，不停地称赞我们，还说家里并没有金钱上的困难，希望姐姐不要想太多。

这个夜晚我们过得很快乐。在父亲回来后，母亲把一切都告诉父亲。父亲什么也没说。今天早餐，当我们坐在餐桌上准备吃早餐时。我发现餐巾下放着一盒颜料盒，姐姐的则放着一把扇子。我感到悲喜交加。

微点评

没有什么事情是万无一失的，就像生活，有一天如果它和我们开了个玩笑，请不要沮丧，那是它在淘气闹事。牵起手来，彼此的温暖比什么都更能御寒。

父母最煎熬的一夜

【美国】**德莱塞**

老罗呢，他没想到他女儿竟然有这样的胆子，他已经起床看了三四趟，楼下根本没有她的身影，刚回来的时候明明坐在台阶上，他从窗户那里偷偷地看过。可是，已经十一点钟了，她竟然消失了，不知道跑到哪里去，老罗想着等她回来一定要狠狠地揍她一顿。

屠夫老罗家里的门道很宽阔，由两道门构成，形成一个小小的空间，外面的那道门从来不锁，平时家人总在这里乘凉，偶尔也有路人来这里避避风雨。这天，又有两个报童在那睡觉，警官默克很快把他们赶跑了，第二天遇见老罗的时候严肃地提醒他，最好把外面的门锁上，这样就不会总有人打扰了。可是老罗却对此不以为意，他锁上了里面的门，小偷是进不去的，至于有人在那睡觉什么的，就随他们去吧。屠夫没有听从他的劝告似乎使他的权威受到了损害，警官对这种态度感到不舒服，悻悻地离开了。

事实上，老罗最近一直因为他女儿特丽莎而烦恼。特丽莎已经十八岁，长成了个大姑娘，夜晚总是玩到很晚，要喊她好多遍才回来，据说是和凯里美家里的姑娘一起在街上玩，真不知道那街上有什么好晃荡的。这不，快九点了，还没回来呢。老罗张开大嗓门，开始喊她："特丽莎，该回家了！"

那边特丽莎正和康尼聊得开心呢，哪情愿就这么离开。小康尼的父亲是街角的文具店老板，他自己却不怎么成器，和乔治·古雄两个人是这条街上有名的小混混，平时最擅长哄女孩们开心，这整条街的女孩没有一个不为他们疯狂的，眼下他们正与特丽莎和凯里美姑娘打得火热，一个劲儿地拖着，不让她们回去。

而那两个如花如玉的少女正处在怀春的年龄，见康尼和古雄对她们如此青睐，也是乐得合不拢嘴，心里想着暗地里不知道多少姑娘在嫉妒她们呢，对这样的拖延也就半推半就了。何况，才九点钟就要回去，也太早了，只有她那老顽固的父亲才会这么早就睡觉。

外面的世界这么美好，不管是斑驳的红墙，还是街角的灯光，一切都是那么让人留恋，何况还有情郎依依不舍的挽留。同样的情景每天都在上演，特丽莎回来得一天比一天晚，到最后甚至每晚都能拖到十点钟，老罗的火气也越来越大。

康尼的眼睛炯炯有神，鼻子直挺挺的，下巴瘦削，歪戴着帽子别提多潇洒帅气了。现在他正将手搭在特丽莎的肩膀上，用他那魅惑人的口吻劝特丽莎不要回去，他有把握断定她父亲根本不会把她怎么样。特丽莎心里也并没有急着回去，但仍然装模作样地挣扎了一下，父亲的脾气她是知道的，耽搁久了可不成。康尼一把将这富有活力的身子拖到自己怀里，去亲姑娘的脸蛋，特丽莎这时终于用劲反抗了，她猛地挣脱开来，假装正经地骂他一句，这才转身往回跑。康尼悻悻地站着，惆怅地踢了踢地上的石子，他的伙伴古雄肯定还在跟凯里美打情骂俏，凯里美的父亲就不像老罗这么烦人，他从不会一早就吼着让他女儿回去。

特丽莎慌忙地跑回家，老罗已经怒不可遏了，他哑着嗓子吼着，要是她下次过了十点再不回来，哪怕只超了一分钟，就想别回来了，等着睡在外面地上。特丽莎早对他这副模样烦透了，她才不管他定的规矩呢，要吼就吼去吧。事实上，老罗要是知道她女儿是和康尼在一起瞎晃悠的话，肯定就不止吼两声这么简单了。

特丽莎和康尼的关系越来越密切，他们总是一起出现在街上的各个角落。康尼呢，甚至已经把特丽莎当做自己的对象了，经常买东西给她吃，但是出去郊游一类的话是提也不敢提的，他知道这姑娘的脾气，何况她爹每天都对着窗口咆哮，他也没这个胆量。

六月的那一天夜晚，穿着白色夏装的特丽莎原本并没打算在外面待那么久，可是她和默特尔在街上逛得太愉快了，皎洁的月光洒在女孩们的身上，远远地看上去有一种圣洁的感觉。更重要的是她们又在街上“不经意”地遇见了康尼和古雄。时间过得多么快啊，她感觉还没来得及跟康尼好好说几句话呢，又到了十点钟，她父亲那标志性的大嗓门准时响起，她该回去了。

可是，康尼多么会哄她开心啊，他一直在怂恿特丽莎晚点回去，还给她壮胆说要是她父亲把她锁在门外，他有办法给她找到个好地方过夜。康尼是现在是雄鸡俱乐部的成员，有一把那里的钥匙，他知道这个时间那里是绝对不会有人的，要待到天亮也不是问题。他不露声色地笑了，最好把凯里美也带过去。

沉浸在情郎安慰里的特丽莎受了他的鼓动，不由自主地靠在他的怀里，她对这个小混混的迷恋简直到达了极点，他的一举一动都让她神魂颠倒。恋爱中的女孩能有多少理智呢，她任凭那帅气的男孩亲吻着、抚摸着，几乎要融化在他温柔深情的眼神里。

老罗的嗓门再次响起，已经带了明显的怒气，他大声嚷嚷着，警告特丽莎再不回来就真的锁门，她夜晚别想回去了。特丽莎感受到事情的严重性，奋力挣开情郎的怀抱，准备回去。可是康尼的声音是多么有磁性啊，他在她耳边絮叨着："你父亲从来都没有锁过门，你怕什么呢，再多待一分钟，就一分钟。"特丽莎哪能受得了这样的缠绵，她磨磨蹭蹭地又待了一会儿才回去，而康尼坚持要站在街角等她，看着她跑走的身影，愤愤地骂了一句，他巴不得老罗把她关在外面呢。

特丽莎一路飞奔回家，外面的门像往常一样敞开着，可是里面的门却锁上了。特丽莎不敢相信她父亲真的把门锁上了，使劲推了推还是没有反应，这才开始面对事实，不断地敲打着自家的门，一边喊着父亲母亲。可是这次老罗打定主意要好好教训一下她，并没有下去给她开门的意思，也不准家里其他人放她进来。老罗太太在一边求情，女孩子夜晚在外面总是不好的。可是愤怒的老屠夫哪里听得进去，特丽莎简直被家人惯坏了，是时候让她长点记性了，她不是喜欢待在外面吗，就一直待在那里好了。

楼下的敲门声一下接一下地响起来，没有任何的回应。特丽莎的倔脾气也上来了，她强忍着眼泪，在门前的台阶上坐下来，不回就不回，她还不愿意进去呢。那么她要去哪里呢，总不能一整夜坐在这里。凯里美家或许是个不错的选择。呀，她差点忘了，她的小情人，那个只比她大一岁的小伙子还在街角等她呢，他是这么说的，不知道还在不在。想到这里，她站起身来，往街角走去。

事实上，康尼刚往回走，一眼就看见了特丽莎坐在台阶上的身影，她父亲挺狠心，真把门锁上了，不过这对他来说，可不是件坏事，看上去，连老天都在帮着自己呢。他对此激动不已，却还假装镇定地回到街角的位置，等着那孤零零的女孩来找他求救。

果然，还没站一会，特丽莎就哭哭啼啼地跑过来了，这小青年一把抱住这年轻美好的身体，眼神在黑夜中闪闪发亮，透露出的兴奋让姑娘不知所措。但是他在这里，她总不至于孤孤单单的一个人，胆子也大了些，没刚才那么害怕了。康尼带着她四处闲逛着，街上的人越来越少，店铺也一个个地关门了，很快这街就暗下来。他不知道要把这姑娘带到哪里去，但是先逛逛吧，夜晚还长着呢，有的是时间考虑。

转过弯来，默克和德雷警官正在巡逻，他们一眼就认出了这对年轻的恋人，老罗家的姑娘竟然和这小流氓混在一起，什么世道！

两人忿忿地走开了，这老屠夫有时间该管管他的女儿了。

那边的两人丝毫没觉得有什么不妥，正一路说着什么，康尼极力挑拨着她和她父亲的关系，努力不让她存着回去的心思。

老罗呢，他没想到他女儿竟然有这样的胆子，他已经起床看了三四趟，楼下根本没有她的身影，刚回来的时候明明坐在台阶上，他从窗户那里偷偷地看过。可是，已经十一点钟了，她竟然消失了，不知道跑到哪里去，老罗想着等她回来一定要狠狠地揍她一顿。一边想着，一边在房间里烦躁地踱着步，不一会儿，他似乎承受不了这样的煎熬，急急忙忙地穿上衣服下楼去找她。

他在街上转了几圈了，却没有见到人，她平时就爱在这条街上晃悠，可是这一次根本没见个身影。可能是回家去了，这样想着，老罗又匆匆地跑回家，他心情焦灼，再找不到就打算找警察帮忙。离家近了，他远远地看见一个穿白色衣服的人躺在地上，特丽莎原来在那里，刚才竟然没发现。

他一路小跑过去，假装生气地踢踢脚下的人，让你早点回来，非不听，睡地上了吧。可是，那人动也不动，嘴里不停地呻吟，老罗慌了，赶紧叫他太太拿灯下来，这一看，才发现根本不是女儿，而是跟她女儿年纪差不多大的一个漂亮女孩。只是她的衣领已经撕开了，皮肤上有一大块黄黄的印子，脚边静静地躺着一个药瓶子，空气里刺鼻的气味四处蔓延。

老罗太太吓得大声叫，有人自杀了。默克警官和德雷警官一直在附近溜达，听到呼救声立马赶来，大家一起帮忙把那姑娘送到了医院。而老屠夫夫妇则被带到了刑讯室，作为证人接受调查。老罗絮絮叨叨地讲着他怎样生气他女儿的晚归，将她锁在了门外，却发现她不见了，出来找了一圈也没找着，回来的路上就发现这个女孩倒在他家的门道里。

默克警官对自杀女孩的案子格外关注，他才不管老罗的女儿在哪里，偶尔心不在焉地搭一句："你女儿被锁在门外了？"这老屠夫就忙着解释，原本只是想吓吓她，谁知道孩子的胆子那么大，竟然离开了，不知道跑到哪里去了。一边的德雷警官忽然想起什么似的，若有所悟地说他跟默克两个小时前在马路上见过特丽莎和康尼在一起逛街。

老罗听到这句话简直愤怒极了，特丽莎竟然和这种流氓在一起，还是整整两个小时以前，他快被她气疯了，开始歇斯底里地大声吼骂着。德雷警官理智地提醒他最好还是讲清楚特丽莎的外貌特征，方便他们派人去寻找。老罗夫妇做完笔录回了家，他们心惊胆战地等待着，度日如年，已经两点了，特丽莎仍旧没有任何消息。

而警官默克和德雷已经出发去妓院寻找新的线索，事实上，他们早就认出那名倒在老屠夫门道里的女子是那里的妓女。两人费尽了心思才让妓院老板说出了真话，那妓女名叫埃米莉，被情人抛弃后选择了喝药自杀，老板觉得不吉利，就让店里的伙计把她背出去放在屠夫门口。了解完事实真相，两人准备走了，默克随意地问了一句，埃米莉多大，为什么会做这一行。老板没什么表情，无所谓地说她二十一岁，是因为被家人锁在门外无处去被人掳走的，后来就一直做这行了。默克一惊，他想起了刚刚老罗说他把女儿特丽莎锁在门外的事情了。

两人出来的时候顺便去了屠夫家，看看特丽莎是否已经安全到家，结果却让所有人不安，那活泼的姑娘仍然没有回来，老罗又出去找她了，只有老罗太太在家里留守。默克对此很无奈，他提醒着老罗太太，今天他们老两口在门外救起的姑娘就是因为被家人锁在门外才误入歧途的。这个老妇人简直吓坏了，她不停地哭泣，祈祷女儿平安无事。

与此同时，各个警区都接到了消息，请求他们协助寻找一位穿白色衣服的少女，年龄十八岁，蓝色眼睛，浅头发，她最后一次出现的时候跟康尼在一起。

许多警察行动起来，包括警官霍西和他的同事佩斯里，他们刚才巡查时看见的一对青年男女跟描述的非常吻合，现在应该还在第四街附近的那个公园。果然，他们一进去就听见女孩低低的哭泣声，小流氓康尼在柔声安慰着她，霍西隐隐约约地看见那家伙搂着这姑娘在亲，猛地往他们前面一站，吓得他们赶紧分开，姑娘脸羞得通红，那小流氓却还是一脸的无所谓。

老罗在屋子里焦灼地转着圈，他简直要被那不听话的女儿气死了，等接到警局通知的时候，怒气已经完全消失掉了，他急匆匆地赶往警局，急于看到他女儿。

到警局确认女儿并没出事后，老罗冲上去就要打那个吊儿郎当的家伙，却被警官们拉住了，康尼得了便宜还卖乖，在一边嘟囔着是老屠夫自己把特丽莎锁在门外的，他只不过是打算陪她到天亮而已，又没犯错。他就像一个没达到目的的野兽，心情低落，当被警官警告不要再去找特丽莎时，冷笑着表示他并不想要她。

这时，老罗已经在警官的教导下带着女儿回家了，路上碰见默克警官，他告诉可怜的老罗，那个倒在他门道里喝药自杀的姑娘就是因为被家人锁在了门外，无路可走才做了那一行。老罗很震惊，他再也不会将特丽莎锁在外面了。而老罗太太见到完整无缺的女儿喜极而泣，喃喃地重复着一句话："她很像你。"特丽莎完全不知道今晚发生的事情，她根本不明白她的父母今夜经历了怎样的煎熬。

微点评

父母的心头牵着一个线，线的另一端系在儿女的手心，不离不弃。即便哪一天我们都长大成人，生儿育女，在父母眼里，永远都是孩子，是掉下的心头肉，需要牵挂，一直念想。

无论
爱
与
不爱

只 有 这 辈 子

相聚是最美的幸福

没法和亲人共度时光的理由有千万种，遗憾却只有一样，那就是失去了，再也没有机会。光阴的故事，最美是一起看夕阳西下，岁月无涯。

和舅舅在一起的时光

【英国】**玛·兰姆**

他总是能从兜里掏出一些好玩的东西，还经常在路上给我讲他在大海上航行时候的故事，那些故事对我这样的小孩来说，非常了不起，让我心驰神往。

小时候，我最喜欢去的地方就是墓地，因为妈妈在那里。当牧师的爸爸总是让我对着她的墓碑认字，一个个地教我念那上面的字母，那是我最快乐的时光。在那里，爸爸对我很宽松，不像平时那样严厉。我认识的字母越来越多，自己感到很得意。

有一天，我正坐在台阶上背字母拼我妈妈的名字，拼得很流利，我心里满足得很。忽然看见路对面走过来一个陌生人，他听见我拼出的名字，径直朝我走过来，盯着我看。

那个时候，我只知道自己有个舅舅很早就去了海上航行，现在是海军上尉，却从来没有见过他，并不知道眼前的这个人是谁。他问我是谁教我拼这个字母的，我懵懵懂懂地说是妈妈，当时我以为妈妈墓碑上的字就是妈妈教的。他又问我妈妈是谁，我就将妈妈的名字大声地拼了一遍，告诉他是伊丽莎白·雅里丝。听到这里，他十分惊喜，亲热地叫我外甥女，牵起手要带我去妈妈那里。

可是他把我往家的方向带，我一看就急了，这不是去找妈妈的路线，就很着急地指着教堂墓地的方向，告诉他妈妈在那里。他似乎迫不及待地要见到妈妈，不愿和我再争执，抱起我往家的方向走去，那条路在我出生以前他不知道走过多少次，肯定不会记错。我当然不愿意听从他的指挥，挣扎着跳下来，往墓地的方向跑去。他对我无计可施，只能跟随我的脚步往前走。

我很快就跑到了妈妈的墓碑那里，得意地指给他看，我才没有说错呢。可是他看到墓碑却那么难过，眼泪顺着脸颊一个劲地往下流，我迷惑不解，平时爸爸带我来这里，我们都是开开心心的。爸爸告诉我妈妈在这里睡觉，以后他和我也要在这里陪妈妈，我对这样的场景特别憧憬，总是想着和爸爸妈妈一起躺在坟墓里，这里对我来说是一个轻松又快乐的地方，可是眼前的这个叔叔却哭个不停，我有点慌了，赶紧跑回家告诉爸爸。

爸爸很快就赶来了，他一眼就认出了我的舅舅詹姆斯，两人回到家凄凄惨惨地回忆着分离多年来发生的事情。

爸爸一直在流泪诉说着妈妈的病情以及后来与世长辞的情景，场面那么严肃，我第一次见到爸爸哭，简直吓坏了。我跑到厨房告诉佣人，爸爸哭得很伤心，她抱着我待在厨房，叫我不要出去，以免打扰爸爸和舅舅谈话。可是我那么担心爸爸，又跑进去静静地抱着爸爸，希望给他一点安慰，心里暗暗地讨厌起舅舅，他一来就把爸爸弄哭，还让家里的气氛这么低沉。从爸爸和舅舅的谈话中，我感受到一种凝重的气氛，也是从那时开始，我知道妈妈去世原来是一件这么痛苦的事情，可以让两个坚强的人伤心欲绝。

第二天，我又想去妈妈的坟上玩了，就去书房叫爸爸出来。可是在路上遇上了舅舅，他一直劝我去院子里走走，我当然不愿意去，哭闹着跑到厨房，爸爸听见我的声音出来了，带着我去了妈妈的墓碑那里，我们像往常一样快乐地聊着天。

那时，我并不知道在我们走后，舅舅想着不让我们再去坟地，他认为如果爸爸老是在那里教我认墓碑上的字，永远也不会从失去妈妈的悲痛中走出来。之后，舅舅就去镇上给我买书，他决定采取别的方式教我学习，这样一来，爸爸就没有借口经常带着我去坟地。

我们回家的时候正好碰上舅舅拿着帽子出门，我心里暗暗地希望他是去“海外”，永远也不要回来，我们就可以像以前一样生活了。可是，舅舅根本没有去“海外”，他很快就带着一个小包回来了，招呼我去看好看的书，我还在生他的气，不愿接受他的好意，又忍不住心中的好奇，偷偷地打量着那个小包。舅舅解那个小包的时候，手没接住，包里的东西稀里哗啦掉了一地，我一下就被地上那五颜六色的书皮吸引了，全然忘记了心中的不快，跑过去仰起脸来亲他，就像我以前亲爸爸一样。

不过教我读书可没那么容易，以前我只认识墓碑上那样的大字，一打开书，上面小小的字母简直让我头晕，舅舅看出了我的迟疑，拿出十二分的耐心，一心一意地要把我教好，费了不少工夫。

从那之后，我跟爸爸真的很少再去妈妈的坟地，因为只要舅舅看出我们去坟地的打算，就带着我出去散心，那个时候我对舅舅已经不反感了，十分愿意跟他出去。他总是将我扛在肩膀上，带着我走好远，等到肚子饿了就吃午饭，里面总有单独给我的一小瓶水，要是哪天忘了的话，舅舅就会拿起酒杯，给我也倒上一点。

他总是能从兜里掏出一些好玩的东西，还经常在路上给我讲他在大海上航行时候的故事，那些故事对我这样的小孩来说，非常了不起，让我心驰神往。这样的散步远行一般都是在夏天，而到了冬天，舅舅主要教我读书。我在他的教导下已经认识很多字，书也读得很好，连爸爸都夸奖他，说他把我教成了一个懂事的小大人。

对我意义重大的是舅舅交给我的另外一些事情，这些东西重新塑造了我的人生。每逢爸爸工作忙不在家的时候，舅舅就跟我谈心，要我在他走后努力提高自身素养，想办法让爸爸开心。他经常对我讲述妈妈生前的事情，告诉我她是怎样的贤良淑德，村子里任何一个女人都没有我妈妈文雅和善良，要是妈妈活着的话，她肯定会教我那些女孩应该会的针线活，还能让我变得举止文雅，行为端庄。

这些话语在我心中产生了巨大的涟漪，原来妈妈是这样一个完美的女人。也正是从那时起，妈妈对我来说才有了现实的意义，以前她就只是墓碑上的一个名字而已，我再去她的坟上时，心中的感觉跟以前大不一样。

我努力表现得跟妈妈一样优秀，在那些庄园太太和小姐中不卑不亢地说话，而一点也没觉得自己不如她们。她们对我得体的举止和适当的言谈很是欣赏，这让她们不断地在爸爸面前夸奖我，说我是如何文静娴雅。事实上，爸爸对这才不关心呢，这都得益于舅舅的教导。

但是，舅舅最终还是走了，去了“海外”继续他的航海事业，我再也不能和他像以前一样出去玩和谈心了，懊恼不已，而一想起以前我曾那样厌恶和怨憎他，更是十分自责，我后悔自己没有好好地对待他，在他走之后的好几天都吃不下饭。

爸爸看不过去了。那天，他拉起我走到壁炉旁，对我说跟朋友或者亲人相处的时候，我们总是身在福中不知福，只看重那些快乐的日子，却忽略里生活中的小情绪，以自己的喜怒哀乐来对待身边的人。那些争吵和矛盾在亲人离开之后变得越来越沉重，这种感觉让我们对自己的行为十分后悔，觉得自己没能更好地对待那些自己心疼的人。爸爸还举了他和妈妈的例子，说在妈妈死后，他总是自责没能让妈妈在生前过得更幸福和快乐。就像我现在对舅舅的感情一样。最后，爸爸告诫我，要拿这事当个教训，在和那些对自己很重要的人在一起的时候，要全心全意地对他们好，只有这样，在他们离开的时候我们才不会后悔和自责。

我明白了爸爸的意思，这种感情大概很多人都会有，每个人都是在错误中吸取教训而继续前行，我丢掉这些毫无理由的悲伤，期待着舅舅的下一次到来。

微点评

没有妈妈的孩子不是一根草。女儿是母亲留在世间的一双眼睛。张开它，照进来的都是时光的怜悯。父亲把她看做人间遗珠，舅舅待她如姐妹再世，每一天都是甜蜜和欢乐的颜色。爱有缺失，但从来盈满。

奶奶，我是爱您的

【意大利】**亚米契斯**

离洛马格那街不远的大路上有一间杂货铺，店门朝着大路，四周是寂静的田野，还有许多桑树。后院有一个小天井，围着篱笆，开了木门可以出入。这就是十三岁少年费鲁乔的家。

这是一个再寻常不过的夜晚，不过因为父亲到市上去配货，母亲也随着去为患眼病的幼儿请医生，家里显得格外冷清。

夜渐渐深了，外面呼呼刮着风，还夹着阵阵大雨。厨房里的小油灯点在安乐椅的一角，散发着昏黄的光。脚有残疾的奶奶在安乐椅上一动不动地坐着，担忧地等着外出玩耍的孙子回来。这样的场景是时常发生的，有时甚至是一整夜的等待。雨一直下，雨点打在窗上的声音在寂静的夜里显得格外响亮。

费鲁乔拖着疲乏的身子回来时，门外是黑沉沉的夜幕，已经约摸是十一点钟的光景了。

透过灯光，奶奶看见她的孩子满身泥泞，衣服破了好几处，额上带着新添的伤痕，出门时戴的帽子现在也不知丢到哪里去了，心下已明白费鲁乔定是又打架了，很有可能还赌博输光了钱。可明白归明白，一番讯问还是免不了。

年迈的奶奶看着全心疼爱的孩子这样狼狈的光景，但凡是有孩子的、为孩子操碎了心的长辈们都能明白奶奶此时心里的伤痛。

“你这没良心的孩子，怎么全不顾念你奶奶呢？趁父母不在家跑出去，留我在家为你操碎了心啊！你小小年纪就往坏路上走，以后注定是要尝到苦果的啊！你现在成日在外面游荡、打架、赌博，甚至还动石头动刀子，将来指不定会从赌棍变成可怕的大盗啊！”

费鲁乔远远站着，垂眼靠在橱旁，栗色的头发垂在额角，下巴触着前胸，紧皱着眉头，显然一副打架时的怒气还未消除的样子。

奶奶在哭：“从赌棍变成盗贼，费鲁乔啊，你快悔改吧！这样的是我见过太多啦，你看看维多那个无赖吧，成日里游手好闲，不到二十四岁就进过两次大牢。他母亲为他担忧而死，父亲逃去瑞士再不愿见他。你想想吧，那家伙现在和他的狐朋狗友成日里为非作歹，将来总有一天会丢掉性命！他小时候就是和你现在一样，你仔细想想吧，真的忍心我和你的父母终日忍受这样的苦楚吗？”

费鲁乔就这样听着，并不觉得有什么需要悔恨。他也不过是年少气盛，一时冲动，并没恶意。他父亲也是知道他本性善良，所以平时并不想过于严苛，只是会注意地看着，希望他自己有所觉悟。

只是这孩子太过刚硬，即使平日有所悔悟，也不愿说出认错的话，高傲的少年心性总是让他羞于表达自己柔软的内心。

面对费鲁乔的沉默，奶奶继续试图感化他："孩子啊，你就真的连一点认错的话都没有吗？我也活不了多久了，你就真的忍心看见奶奶为你日日受苦？你难道就丝毫感受不到奶奶的疼爱吗？还记得你小时候，我每夜为你推摇床，哄你入睡，把你爱吃的省下来留给你吃，自己忍饥挨饿。你可能不知道，我那时就天天说，'这孩子是我将来的依靠呢。'你现在全都忘记了奶奶的疼爱吗？是要奶奶为你活活心疼死吗？真要是这样，我也不在意，反正我也没几日好活了。你小时候也是很喜爱奶奶的啊，奶奶现在已经要死的人了，你就可怜可怜奶奶吧！"

费鲁乔看到疼爱自己的奶奶如今这般模样，内心何尝不是伤感呢，他正想就这样扑到奶奶怀里去。忽然，厨房和天井间的堆物间中传来轻微的响动，不知是因为吹风发出的响声呢还是其他什么。

费鲁乔侧耳去听，窗外雨声不停，轧轧的声音又传来了。

"那是什么？"奶奶忧心忡忡。

"雨。"费鲁乔回答。

"乖孩子，以后可要规规矩矩的，不要再让奶奶操心了啊！"

突然声音又来了，老人脸色发白："这不是雨声！你快去看看！"老人转而又牵紧孙子的手："不，别去，你留在这。"

祖孙两人屏息不语，耳边只有沙沙的雨声。突然，堆物间中传来隐隐的脚步声，让人毛骨悚然。

“谁!”费鲁乔努力让自己保持镇静，朝着黑暗的虚空大吼一声。但没有回答。

“是谁?”他又一次带着些许战栗地问。

话音未落，祖孙两人惊叫起来。两名蒙面男子突然冲进室内，一个抓住费鲁乔，捂住他的嘴，另一个则紧紧地卡住了老人的喉咙。

“不许出声，否则要你们的命！说，钱藏哪了?”

费鲁乔颤抖着回答：“在那边的橱柜里。”于是其中一人便恐吓着少年带他去取钱。取到钱后，两人便计划着要逃走，其中一人便跑到天井门口去探路。

“不许出声，当心割断你们喉咙!”另一人擎着刀威胁着。

突然，街上传来大批行人的歌声。那个强盗转头向门口看去。而就在这时，蒙面的纱布掉了下来。老人一声惊叫：“莫左尼!”强盗惊觉被认出，怒吼着举着短刀向老人扑去。电光火石间，费鲁乔纵身扑到奶奶身上，护住了奶奶。强盗逃走了，仓促间碰倒了放着油灯的桌子，屋里瞬间一片黑暗。

窗外行人的歌声渐渐远去，费鲁乔慢慢从奶奶身上滑下来，跪在地上，双手紧紧抱住奶奶，头深深埋在奶奶怀里。

“费鲁乔!”奶奶低低地叫着，声音里依然带着惊惧。

“奶奶!”就这样又静了一会，老人继续问道：“那些家伙走了吧?”

“是的。”

“我还没死！”奶奶犹带恐惧，低声说。

“嗯，奶奶安全了！”费鲁乔低弱了声音，“而且他们只拿走了一小部分钱，大多数钱都在父亲那里呢！”奶奶深深地呼吸着。

“奶奶！”费鲁乔仍跪着，更加抱紧了奶奶，“奶奶，您爱我吗？”

“好孩子，奶奶爱你啊！”说着把手放温柔地在孙子头上。“别怕了，真是谢天谢地啊！你把灯点着吧！哎，还是这样吧！不知道为什么，还是很不安呢！”

“奶奶！我时常惹您伤心！”

“傻孩子，奶奶早就忘了那些，不论怎样，奶奶都爱你啊！”

“我常惹您伤心。但是我是爱您的！原谅我！原谅我，奶奶！”费鲁乔艰难地祈求。

“原谅原谅，怎么会不原谅！好孩子，快起来！我不再骂你了。你是好孩子，好孩子！啊！点了灯！别害怕了。啊！起来！费鲁乔！”

“奶奶！谢谢您！”声音越来越低，“我好开心，奶奶！您不会忘了我的，对吧！无论到了什么时候，都会记得费鲁乔的吧！”

“啊！费鲁乔！”老人慌了，抚摸着孩子的身体，惊慌地叫着。

“别忘了我！好想看看母亲、父亲，还有小宝宝！再见了！奶奶！”声音已然细若游丝。

“孩子！你这是怎么了啊？”老人震惊了！她抚摸伏在自己膝上的孙子的头，惊叫起来。接着她仿佛意识到了什么，好像要用尽自己所有力气地大喊孙子。可是，此时的费鲁乔已经什么都不能回答了。

微点评

费鲁乔是个“不听话的好孩子”，他听从了本能的选择，在奶奶的怀里走向天堂。奶奶对他的爱是恨铁不成钢，他对奶奶的爱没有言说。

最幸福的一天

【加拿大】**斯蒂芬·里柯克**

我们睡前与母亲吻别，她眼里闪烁着泪花，对我们说这一天是她一生中过的最幸福的一天。

在我们这个大家庭中，大家都期待母亲节的到来，因此一定要好好庆祝。我觉得实在是太好了，它能让我们知道母亲为我们所做的一切，是多么不容易，为了我们，她牺牲了青春、放弃了自由，一切都只是为了我们。

所以，我们要把这个节日变成全家的节日，尽我们最大的力量让母亲高兴。父亲决定在节日这一天不去工作；姐姐和我也跟老师请了假说今天不去上课；妹妹和弟弟也请假不去上课。

我们在家里计划着怎样把这一天过得终生难忘：在房间里插满鲜花，用格言装饰壁炉，除此之外还有很多装饰品。我们让妈妈亲自布置房间，亲手写格言，每次过圣诞节，这些都是由妈妈操办的。

姐姐和妹妹觉得我们都应该穿上最好的衣服来庆祝。所以她们俩都买了新帽子。母亲亲手把两顶帽子装饰一番，看起来很漂亮。父亲和我们兄弟俩买了几条活结领带。我们原本想给母亲也买一顶帽子，后来发现她更喜欢她那顶旧的帽子，就没有给她买，孩子们也觉得那顶旧帽子她带着更好看。

按先前计划，我们在早饭后给母亲一个惊喜，就是租车带母亲去乡间游玩。平时她是没有机会享受的，因为我们只雇得起一个女佣，没有多余的钱来租车游玩。母亲呢，也为了家庭生活奔波，忙个不停。乡下的景色宜人，可以自驾到乡间游玩，对她来说真是莫大的幸福。

节日当天，父亲临时把乡间游玩换成钓鱼，他认为钓鱼更能让母亲高兴。反正车也租了，还不如去山中小溪，既可以游玩也可以钓鱼，两全其美。父亲说："没有目的的游玩，容易让人产生疲倦，大大减少游玩的兴趣；带着目的去游玩，你会发现前面有很多惊喜等着你，让你不虚此行。"

大家认为应该给母亲也制定一个游玩目标，让她的旅途更精彩。恰巧，前些天刚买的新钓竿，好像专门为钓鱼做准备，父亲说母亲可以拿着新钓竿钓鱼，可母亲不愿意，说她宁愿看着他钓鱼，也不愿意自己钓鱼。

我们中午就回来，可母亲还是为我们准备了三明治，以便我们中途饿了吃。她把所有吃的都放在一个篮子里，东西准备齐全，准备出发。车停在大门口已等着，大家拿着东西准备上车，却发现车子没那么大，事先没有考虑带那么多东西，显然我们一家子是没法全部坐到车里。

只能有人留在家里，可是谁留下呢？大家开始讨论起来。父亲表示他愿意留在家里，让我们出去玩，他在家把零活碎活都干了，就可以省下雇人的钱，顺便还可以锻炼身体。但是我们都觉得把父亲留在家里是不行的，他一个人在家，准会出什么乱子，姐姐和妹妹也表示愿意留在家里，为我们做午饭，可要是这样的话，她们的帽子可就白买了。我和弟弟本想也留下来，可是我们什么都不会呀。

每个人都争着留下来，最后的决定是让母亲留下，让她在家里好好休息，为我们准备午饭。父亲说："虽然天气晴朗，但是郊外还是凉意袭人，他担心母亲身体着凉感染风寒。"还好母亲对钓鱼没有兴趣。

父亲说母亲为我们全家操太多心了，我们有责任让母亲多休息些，不让她太累；若是硬拉着她去，让她受凉，他不会原谅自己；提议去钓鱼也是为让母亲能得到安宁。说我们年轻人根本就不了解安宁对于上年纪的人多么重要。至于他自己嘛，还是能接受闹哄哄的场面。

商量好以后，我们便把母亲留在家里，开车上路。母亲一直目送我们离开，父亲呢，每过一会儿就向她挥挥手，直到看不见为止。

你完全可以想象得到，在山间游玩真是太痛快了。父亲钓了很多鱼，每个种类都有，他说："要是母亲来钓的话，她无论如何也钓不上大鱼的。"弟弟和我也小过了一把瘾，虽然钓的鱼没有父亲的多，可我们还是很满足。姐妹们此行也收获颇多，路上碰到了好多熟人，溪边的小伙子们又是她们的好朋友，聊得不亦乐乎呢。

我们驱车到家时天色已经很晚。母亲笑脸相迎，她拿来热毛巾为父亲递上换洗的衣服，接着又挨个为我们梳洗。梳洗完毕，一家人在餐桌边坐下来。晚餐真是太丰盛了，简直能与圣诞节媲美。我们正吃着，母亲总是起身取这取那。父亲看了看母亲，对她说："你别这么累，坐下歇着，需要什么我去拿。"

这顿晚饭吃了好久。席间笑声不断，大家都在给母亲讲这一天的所见所闻。晚饭过后，我们几个都争着抢着洗碗做家务，让母亲早些休息。母亲却说这是她的活，她很愿意做这些事儿，不许我们跟她抢。没办法，今天是她的节日，为了使她高兴，我们只好退步。

待一切收拾妥当。我们睡前与母亲吻别，她眼里闪烁着泪花，对我们说这一天是她一生中过的最幸福的一天。听到母亲这样说，全家人都很开心，这一晚我们都是带着微笑入睡。

微点评

记得有一个公益广告，片尾最后的一句话是这么说的：失忆的他（她）什么都忘记，唯独没有忘记对自己孩子的爱。是的，无论是多大年纪的父母，作为儿女有些事真的不能等，也等不起，比如孝敬父母，需要立刻去做，马上去做，拔腿就做。

倔老头，寂寞如昨日

【印度】**泰戈尔**

内多已经记不清上一次跟孩子做游戏是什么时候了，他一阵好奇凑了上去，那孩子不似村里的孩子厌恶他，一点也不怕他，自来熟似的跟他闹起来。

林得气呼呼地对他的父亲说：“我跟你恩断义绝！我现在就走！”

父亲内多说：“你要走就走！你这个忘恩负义的东西，从小到大我花费了多少钱才把你养大，你个白眼狼！”

内多是他生活的周围很有名望的人，他不仅富有而且严格遵循祖先定下的规矩：勤俭节约。他从不浪费一分钱，他的母亲和妻子在临死前都没吃上药，因为在他看来吃药也是没用，花费那个钱是一种浪费。

林得在结婚之前还颇能遵照他父亲的命令，可是自从结婚以后他就学会了虚荣的一套，不再跟父亲保持一致。为此，父子两个总是吵架，每次都不欢而散。两人矛盾的爆发点源于林得的妻子生了一场重病，医生说要吃药，那是种特别名贵的药，老头子怎么也舍不得。他跟儿子说："吃那个药如果管用的话，这世上就不应该有人死了。尤其是像国王王后这样高贵的人，他们吃了那么多名贵药材不还是死了吗？你应该想想你的奶奶和你的母亲，她们可是什么都没吃！"

新派的林得与老顽固父亲再也无法和平共处，因为他的妻子病死了，他指责父亲就是杀害妻子的凶手。父亲气得浑身发抖，他跟儿子仿佛是不共戴天的仇人。儿子说走就走，诅咒发誓般说："以后我要是再用你一分钱，我就下地狱！"

老头子也不甘示弱："从此之后我若是再给你一分钱，我就不再受到上帝保佑！"

儿子走了，带着小孙子一起走了。村里的人安慰他说："哪有这样的儿子啊？简直是不懂得孝敬老人。为了老婆就跟老子翻脸的，太不像话。老婆死了还可以再娶嘛，老子死了却再也没有了！"

内多并没有人们以为的那样伤痛。他觉得儿孙一起走了，替他省了好大一笔开销呢，而他则可以拿着这笔钱再去放高利贷，这样他就可以吃利息了。

他对他的如意算盘开始还挺满意，可是过了没多久就感到一种彻骨的寂寞空虚攫住了他。院子整天都安静得不像话，他觉得只有死亡的人才配享受那种安宁。过去他的小孙子总是惹他生气，他太淘气，一刻也不肯停下来。无论他在做什么，小孙子都要跑过去凑热闹。他望着家里的垫子上还有小孙子弄上的墨汁，他忍不住想要流泪。如果他的小孙子能回来的话，哪怕要他花掉从前两倍的钱他也甘之如饴。然而，他们自从走了就再也没有任何消息了。

渐渐地，他在村里孩子们的眼中变成一个怪物，孩子们只要见到他的身影就立刻停止嬉笑，他们暗地里给他起了很多外号，都是诸如“吸血蝙蝠”这样的称呼。

他感到从未有过的寂寞。

内多的生活实在太无聊了，每天他除了发呆还是发呆，有时他也会去村子里逛逛，可是嬉戏的孩子们只要一见到他就背过脸去，没人喜欢这个吝啬鬼老头。

这一天，他像往常一样在村子里闲逛，在一株高大的芒果树下发现了一个陌生的孩子，那孩子俨然是个孩子王，村里所有的小孩都围着他玩耍。

内多已经记不清上一次跟孩子做游戏是什么时候了，他一阵好奇凑了上去，那孩子不像村里的孩子厌恶他，一点也不怕他，自来熟似地跟他闹起来。他开心极了，自从小孙子离开以后他就没有那么高兴过。

“孩子，你叫什么名字?”他低头问。

“尼代。”

“你的家在哪里?”

“我不能告诉你——因为我是从家里偷偷跑出来的。”

“哦，那么你为什么要偷溜出来呢?”老头子饶有兴趣地问。

“因为我爸爸老是想送我去学校读书。”

“你爸爸叫什么名字?”

“我不告诉你。”“还不告诉我呢，我知道他一定是个傻瓜，这年头谁送孩子去读书谁就是傻瓜。那简直是浪费钱的事情!”老头儿心想。

“你去我们家住好不好啊?”

“好的。”孩子兴奋地答道，跟他到处流浪的日子比起来，能有人收留可太美了。

这小家伙很快就看出老头儿对他的喜欢，于是变着花样地对自己的衣食提出要求。内多想都不想就全数满足。唉，对待自己的孩子可以讲规矩，对待别人家的孩子他的规矩全部不管用啦。

孩子在内多的家里受到极高的待遇，他快活得很，甚至忘记了自己从哪里来了。尼代这突如其来的好运让村子里的人们非常嫉妒。大人们暗地里责备尼代说：“哪有这样忘恩负义的小家伙啊!看看他才到了这里多久啊，居然就忘记了那个日夜思念他的父亲了!”

他们的愤慨与其说是出于正义还不如说是出于妒忌。村子里有个流言传开了，人们都说尼代的父亲在到处找他，把村子周围的地方都找遍了，下一个寻找的地方就是内多的村子。

内多也听到了这个传言，他可不想让这个孩子离开。尼代知道父亲在找他感到非常不安，他一点也不想回去跟父亲过穷日子，在这里每天都能吃饱饭，有什么理由要回去呢？难道回去上学？那更糟糕，爷爷内多说花钱去读书是最愚蠢的事情，只有最愚蠢的人才会这么干。

“尼代，你放心吧，我会找个安全的地方让你藏身，绝不让你父亲找到。”

“是真的吗？爷爷，可是你要给我藏到哪里呢？他会挨家挨户地寻找的。”

“我自有办法。”

“那是个什么样的地方？”尼代忍不住要问。

“等到天一黑我们就去，现在去我可不想让别人看见你。”

尼代只好点点头，他幻想着在那里有吃不完的好吃的，还有无尽的玩具以及捉迷藏的大树。他迫不及待地想要去内多的秘密藏身处。

“爷爷，我们现在走吧。”他又催促内多了。

“好吧，现在已经是黄昏时分了，可以去了。”

他欢叫着，跟着内多往村子外面走，天慢慢地黑了，树林里不时有鸟尖叫，风掠过尼代的脸，他竟然觉得有点害怕。

他们到了，原来不过是一间破庙，尼代觉得非常失望，这是他流浪的时候经常玩耍的地方。“这里没什么可藏身的啊。”

内多一言不发，他找到一个隐蔽的地方打开上面覆盖的杂物后，一个地窖赫然眼前。他们顺着梯子往下走，空气越来越稀薄，呼吸都有点困难。

尼代被眼前的景象惊呆了，地窖里都是金币和各种财宝。“尼代，你就藏在这里吧，不要出去。你看到这些金钱了吗？我把它都送给你！”

“都给我？”尼代小小的人儿已经明白“都给我”代表什么意思，他将成为一个超级富翁。

内多让他盘腿坐在一个垫子上开始祈祷：“不过我有一个条件，只要是我的孙子回来了，或者任何我的后代回来了，你要全部还给他们。”尼代点头同意。

内多还在那里念念有词，可尼代却受不了了，他想要出去。“爷爷，我们出去吧，这里太闷了。”内多根本不理他，他继续祷告。

过了不知多久，尼代晕晕乎乎地只想睡觉。“你就待在这里不要出去。”他交代完就爬出了地窖，将地窖上的盖子严严实实地盖好。风又吹了过来，他仿佛听见有人轻轻地哭泣。

“爸爸！”内多听见有人叫他，原来是林得。

“你看见我的儿子了吗？哦，就是尼代。你也知道我们为了不让你蒙羞，我们都改了名字啦。”

“尼代就是我的孙子？”内多又听见了那微弱的哭泣声。

“你听见哭声了吗？”他从此逢人就问这个问题。

村里的人都说他疯了。自从那晚从破庙回来后，他只会说一句话，就是那句“你听见哭声了吗？”

微点评

爷爷的爱甜蜜得让人窒息，怪得无法理喻。大多时候他是寂寞的，不曾抵达孤独。寂寞是个饿汉，孤独才是王者。因为寂寞，所以想占有，因为占有，便怕了生离。关在屋里的不会是盈盈笑语，打开心窗，才有爱的位置。

无论
爱
与
不爱

只 有 这 辈 子

慢些，莫要人远去

时间再慢些，再慢些，切莫着急爬上父辈的发丝，染成雪色；不要刻在母亲的额头，划出深深的皱纹。

爷爷的毡靴

【前苏联】**普里什文**

“一切都有尽头，只有爷爷的靴子是永恒的。”

我看着静静躺在灌木丛中为候鸟们提供搭窝原料的毡靴，默默地想着。一周过去了，它已经被动物们撕成了碎片，每一只小鸟都为找到了这样温暖的原料欢快地唱着歌，雄鸟与雌鸟开心地忙碌着，憧憬着未来一年美好的生活。

“啪”，一片毡靴碎片从鸟窝掉到了地上，一只胖老鼠跑了过来，抱着这难得的碎片，摇摇摆摆地回到自己的小窝，一切都是这样的充满生机和快乐。

那是许多年前，以捞鱼为生的米哈爷爷双腿疼得厉害，家里人为他找来了医生看病，虽然爷爷身体一直很好，几乎是从不生病，但是这次疼得很严重。医生诊断爷爷的双腿是因为他常年在冷水中浸泡着捞鱼才到了今天这个程度，他想劝爷爷放弃自己的工作。可是一辈子都在捞鱼的爷爷怎么舍得。无奈，医生只能建议爷爷在下水时穿上毡靴。

这下爷爷的毡靴便成为了我们家一直存在的一员，说来也是真灵，爷爷自从穿上了毡靴，他的腿便再也没有疼过。

“唉，它们就这样坏了。”一天，爷爷抱着自己的毡靴心疼地说。

“您一直穿着它们，坏了也是自然的。”我安慰着爷爷。爷爷的毡靴坏得还真挺厉害呢，不仅鞋底被小石子磨破了，就连鞋底折上来的地方，也出现了裂纹。就像人们常说的，万事终会有完结，毡靴的寿命也该结束了。

“不如我们把它们放到喜鹊窝那边去吧。”我继续向爷爷建议道，“喜鹊搭窝时使用得到这些的。”

“不行，不可以！”爷爷把自己的毡靴抱得更紧，“我有办法，一定有办法把它们修好。”

说起来米哈爷爷也真是聪明，他把毡靴浸到水里，再把它们放在外面的冰天雪地中冻成冰。“这样不就好了吗！”爷爷看着自己的“杰作”满意地说，“这下不仅结实、保暖，我看在那些最烦人的沼泽地里行走都是没问题呢。”

于是，我开始怀疑人们说的真理到底是不是适用于万物，爷爷的毡靴也许就可以成为永存的。

“你一个人在这里想什么呢?”爷爷看着站在灌木丛旁的我，慈祥地说，“帮我去找住在那边的猎人吧，那小子早就盯上我的靴子了，说想用我的靴子做他子弹的填药塞。我看这一只靴子够这些动物们用的了，这只就给他拿过去吧。”

“好，没问题。”我一边应着，一边继续着我的思绪。

说起来这次爷爷的靴子坏得这样无法补救，与他前不久生的一场病有关。爷爷穿着他的毡靴从外面回来后忘了脱在门房，却带着它们上了温暖的炉台。原来在鞋里的冰融化过程中，毡靴的绒毛就这样被撑碎、破裂，等到冰块融化完，爷爷的毡靴也就变成了一摊碎渣。这下爷爷可心疼坏了。他还是不肯放弃，尝试着用旧的方法继续拯救，可它们不再配合他了。

天稍稍一暖和，冻在鞋里的冰便完全化成水，那形状是再也不能穿的了。固执的爷爷这下才真放弃了，不然猎人和动物们又怎么可能得到这样好的原料呢。

直到后来，每次我路过有候鸟筑巢的地方我都会想到：“一切都有尽头，只有爷爷的靴子是永恒的。”

微点评

记得小时候找爷爷要零钱，总是能看到他会打开一个叠得整齐四方的干净手帕，拿起一张张齐整的零钱，小心地抽出其中一张。小手接过来的瞬间，还能闻到土气和清香混杂的味道。就像上文爷爷的靴子一样，让他们心疼的东西，总是那么深刻、永恒。

儿子的遗赠

【挪威】**比昂松**

奥福朗斯先生停顿了下，然后说："我想把这些钱作为儿子的遗赠送给穷人。"

这个教区里最富有且最有影响力的人莫过于奥福朗斯了。有一天，他神情严肃，带着一股似乎与生俱来的骄傲来到了牧师的书房。

"我刚生了个儿子，牧师。"他开门见山地说，"我要带他来接受洗礼。"

"没问题。他起了名字了吗？"

"费恩，用的是我父亲的名字。"

"还有其他的事情吗，奥福朗斯先生？"牧师问。

“我希望他能单独接受洗礼。”

“哦，这样的话恐怕不能放在礼拜天了。”牧师慢吞吞地说。

“那就星期六中午十二点吧。”他替牧师定了时间。

“还有别的要求吗?”

“没了。”他拿起帽子转身就走。“还有一件事。”牧师站起来走过去握住他的手，凝视着他的眼睛，庄重地说：“先生，他会给您带来幸福的！”

过了十六年，奥福朗斯再一次来到了牧师的书房。

“今天又是为了什么呢，先生?”牧师问道。

“今晚我还是为了我的儿子，他明天要来这里行按手礼。”

“他真是个聪明的孩子。”牧师由衷地称赞道。

“我在没有听到教堂里排列次序之前，我是不会给牧师钱的。”

“他将排在第一个，先生。”

“好吧！喏，这是给你的十块钱。”

“还有什么需要我效劳的吗?”牧师问他。

“没了。”

奥福朗斯一头扎进茫茫夜色中。

又过了八年，一天牧师的书房外闹哄哄地聚集了很多人，奥福朗斯第一个走进书房。“先生，今天又是所为何事？你可带了不少人来啊。”

“是的，牧师。我的儿子要结婚了，姑娘是教区里富有人家的小姐。”

“哦，恭喜你，给他们致以上帝的祝福。”

“这是给你的钱，牧师。”奥福朗斯将三块钱放在牧师的书桌上。

“不需要那么多，先生。一块钱就够了。”

“我当然知道这些，但是我希望你能把它办得体面点。”

“这是你第三次来这里了，而且次次都是为了你的儿子。”

“是的，他是我的独子，难道我这么做不是应该的吗?”奥福朗斯拿起他的钱包走出了书房，人群跟着他四散而去。

约莫两周后的一天，是个风平浪静的好天气，父子两个划着船去某个地方，为他即将到来的婚礼准备准备。

“坐板似乎不太牢固。”儿子说。他站起来，想要重新放置下船板，结果一不小心从船舷上滑落湖水中。

“快，抓住船桨!”父亲高声喊叫着。

儿子在水里挣扎了一会儿，很快就不再动弹了。“哦，上帝啊!”父亲急切地将船划过去，靠近儿子。这时，儿子仰面朝天地冲他深深地看了最后一眼，然后沉了下去。

这一切发生得太快太突然了，奥福朗斯简直不敢相信自己的眼睛，刚才还跟自己说话的儿子转眼之间就被湖水吞噬了。儿子沉下去的地方一开始还有些泡沫，后来重归平静。

奥福朗斯不吃不喝地围着儿子淹没的地方划船，整整划了三天三夜！第四天清晨，他终于找到了儿子的尸体。他抱着儿子，一步一步向庄园走去。

一年后的某个秋日，牧师正在书房里看书，他听到门闩被人拨动的声音，他走过去开了门，可眼前这个高大又瘦骨嶙峋的男人，他实在想不起来是谁，过了好一会儿他才认识原来是奥福朗斯先生，他的头发已经变成了银丝。

“这么晚了，先生您还过来?”

“是的，已经很晚了。”

奥福朗斯先生停顿了下，然后说：“我想把这些钱作为儿子的遗赠送给穷人。”

他起身将钱放在桌子上，牧师看了眼说：“这可不是笔小数目啊。”

“是的，是我那庄园的一半钱。今天早晨我把庄园卖了。”

牧师听了沉吟了一会儿说：“先生，那您以后打算做什么呢?”

“做些好事，牧师。”奥福朗斯答道。

他们不再说话，沉默地对坐着。

“我想你的儿子为你带来了幸福，先生。”

“是的，我也这样认为，牧师。”说罢，两行清泪顺着他清瘦的脸庞滑落下来。

微点评

步步计算，不如随缘随喜，一切顺其自然。幸福与否不在什么都比别人好，什么都在别人前面，分享我们拥有的，才能得到世界的馈赠。

婶婶的梦未曾枯萎

【美国】**凯瑟**

虽然多年来婶婶的日子过得那么艰苦，但是她内心里的执着和坚定并没有枯萎，一遇到曾经熟悉的场景就会生机勃发。

我现在出发去车站接婶婶，昨天上午收到霍华德叔叔的信，说她今天到达波士顿，来继承一个远房亲戚留给她的遗产。我婶婶叫乔治娅娜，年轻的时候是波士顿音乐学院的教师，曾长期在这里生活，后来她认识了我一贫如洗的木匠叔叔霍华德，两人迅速坠入爱河，却遭到家人和朋友的一直反对。于是，他们只好远走高飞，住到红柳城的一个窑洞里，过着原始而封闭的生活，我的婶婶从此再也没有走出红柳城，她的音乐事业也完全荒废掉了。

我在车站等了半天，才看见婶婶有点胆怯地从硬席车厢走出来，她是最后一个下车的旅客，穿着一件亚麻布的风衣，上面布满了灰尘，头上戴着的黑色帽子几乎已经看不出本来的颜色了，只是灰蒙蒙的一片。

我对婶婶的装扮很震惊，却不曾料到那件亚麻布风衣竟然是她最好的衣服。回家之后，婶婶脱掉风衣，我才发现她里面穿的是一件黑色长袍，面料廉价，做工粗糙。而她本人的身体更是让人不忍直视，不仅腰弯，甚至还有点驼背，两只肩膀下垂得快要和凹陷的胸部重叠，腹部鼓鼓囊囊的，显得不伦不类。这根本不是我记忆中的那个人。

小时候，我住在婶婶家里，她对我颇为照顾。那时，她弹得一手好钢琴，所受的音乐教育丰富而广泛，他们学校里的好多老师都比不上她。她对音乐沉迷不已，闲着的时候会自己弹奏威尔第的歌曲，曾经用家里的风琴亲自教我弹奏音阶，也跟我讲过莫扎特和梅尔贝尔的歌剧。有一次，我生病了，她就坐在床边给我唱歌，歌声凄婉动人。她总喜欢听我弹《快乐的农夫》，还跟我说她在巴黎看过《胡格诺派教徒》的演出。

但是她结婚后，再不跟我探讨音乐，渐渐地，甚至转信宗教，想从那里获得安慰。有一次，我在家里翻倒一本乐谱，高兴地弹奏起来，婶婶却从后面蒙住我的眼睛，悲痛地告诫我："不要过于沉迷音乐，克拉克，否则它就会被收走。"我懵懵懂懂，似乎明白了婶婶的痛。想来，那已经是很久以前的事情了。

婶婶睡了一夜，第二天早上起来，我带着她在这片曾生活多年的土地上四处转悠，却发现她已经记不起这个城市的很多地方，这里的变化太多，已经超出了她的想象。我建议午饭前去音乐学校看看，或者去附近最繁华的广场看看热闹，她表现得毫无兴趣，却总是惦记着走的时候忘记给牛犊喂半脱脂牛奶，或者没有嘱咐女儿把那桶打开的鲐鱼赶紧吃掉这一类的琐事。

我有点后悔订了下午两点瓦格纳交响音乐会的门票，因为婶婶脱离音乐太久，她现在的状态或许根本听不懂，而且这个时候勾起她对音乐的回忆，是不是有点残忍？

但是，下午一走进音乐厅，我就意识到了自己的看法有多么肤浅，婶婶对这旧日的生活并不陌生，甚至对眼前的世界表现得相当熟悉。她端端正正地坐着，神情淡然，让人不由得多了几份敬畏，甚至忽略了她脏乱的穿着和凌乱的发型。我们坐在弧光灯的下面，这灯与楼上的灯此起彼伏，上下呼应。周围的观众多是妇女，穿着色彩鲜艳的华丽服饰，婶婶似乎并没有将她们放在眼里，沉默地等待着乐手的出场。

婶婶的表情终于有了变化，就在乐手进场的时候。她的情绪明显地波动了一下，直直地看着他们华丽的衬衫和暗黑色的上衣，直到他们落座，后面彩色灯罩射出的光线稀稀散散地落在亮锃锃的乐器上，显得流光溢彩，这是她以前最熟悉的情景啊！

乐队开始演奏了，整个会场响起《汤霍塞》歌剧的序曲，那种朝圣者的感情喷涌而出，婶婶猛地抓住我的衣袖。我知道，她这三十年脱离音乐的生活在今晚即将被打破。维纳斯的旋律和琴弦的声音交织着让我觉得无比压抑，我的脑海里满是对命运的无奈。

一转眼，我的思绪又飞到了曾经生活过的地方，那是一个广阔无垠的草原，上面耸立着高高的木屋，有一种不怒自威的神气，屋子周围有高低不平的泥岸，都是被雨水冲刷出来的。旁边是一个人工的池塘，岸边的榕树又矮又小，我们经常在那上面晾晒洗碗布。一会儿，序曲结束了，婶婶把手从我袖口上拿开，神情有些落寞，她不发一言，静静地盯着管弦乐队，似乎是在回忆着什么。这三十年对她来说就像一场梦，黯淡无光，仿佛多年来都在重复同一天的日子。

我仔细地观察着婶婶，她在用心听着歌剧的序曲，眼神空灵，仿佛周围的一切都不存在。演出一直在进行，直到演奏《飞行的荷兰人》，她仍然没有说话，就那样静静地坐着，脸上是与世无争的淡然，手指不自觉地随意点击着，像是在和着那乐曲的节拍。

不知道岁月留给她的是怎样的情怀，曾经被当作生命的音乐如今对她来说，又意味着什么呢？可是，事实是，这手早就不是年轻时的青葱白玉了，现在她的双手上布满了老茧，整个手掌都肿着，有几个手指已经伸不直了，就那么曲着。

那一晚我难忘的乐曲是《优胜之歌》，对婶婶来说，应该也是如此吧。那天这曲子第一个音符出来，我就注意到婶婶的情绪不对，她不像刚才那样淡定自若了，反而有一点怅然若失。曲子奏得极好，音乐高潮到来时，我感动极了，一转眼，却见婶婶闭着的眼里不断滚出热烫的泪珠。这里一定有什么故事，才让婶婶封闭多年的内心如此感动。那一瞬间，我仿佛明白了，虽然多年来婶婶的日子过得那么艰苦，但是她内心里的执着和坚定并没有枯萎，一遇到曾经熟悉的场景就会生机勃发。

中途休息的时候，婶婶果然给我讲了《优胜之歌》的故事。她说那是她最早听到的歌曲，是一个年轻的德国人唱给她听的。很久以前，她住的地方来了一个流浪的德国人，很擅长唱歌，据说小时候曾在合唱队里面待过。每个礼拜天，那个德国小伙子就坐在床上，哼着《优胜之歌》擦皮鞋。婶婶见的次数多了，就极力劝说他加入教堂的歌唱队。但是没多久，他却离开了，据说是进城喝酒了，赌博输得一无所有，还被人打断了锁骨，从此杳无音讯。

在下半场《指环》的演奏中，婶婶好像一直比较激动，悲伤在脸上肆意蔓延，她泪眼蒙眬地听着演奏，情绪起伏不定。三十年来，她几乎与音乐彻底隔断了，再也没有接触过任何能够陶冶情操的东西，只会听听小学校卫理公会唱的福音赞美诗。三十年如一日地为生活奔波操劳，我不知道她身上还有没有当年对音乐的敏感性，但是可以得知的是，这场音乐会带给她非常大的震动。

音乐会很成功，结束的时候，大家纷纷站起鼓掌，不一会儿，大厅里的人就走完了，可是婶婶仍然一动不动，保持着站立的姿势，在空荡荡的大厅里像一座丰碑。她静静地看着乐手们收拾着乐器和椅子，神情落寞。

我拉了拉婶婶风衣的袖子，示意她该走了，她顿了顿，转过头来，脸上泪水横流。我有点惊讶，只听见她低低地说着：“我不走，克拉克，我不要离开这里。”我顿时意识到，音乐厅对她的意义，这里就像一个梦境，只要离开这里，梦就会醒，扑面而来的是那三十年枯燥单调的岁月，一旦出去，就还要继续重复下去。

微点评

梦想是人心最坚实的力量，生活再艰辛，都无法摧毁内在的想往。

母亲走了，儿速回

【俄国】**普拉东诺夫**

这时候，儿子们的房间也安静下来了。是老三说了什么，大家立即安静下来。一整个晚上，老三都没有加入他们的回忆和嬉戏。这个时候，也正是他让所有兄弟们都停止了玩闹。

六份有着相同内容的电报发向六个不同的地区。这是一位七十岁的退休老工人写的，向散居各地的六个儿子发出了母亲的死讯："母亲走了，儿速回家。"

老人眼里布满了血丝，朦胧的眼里透露出无尽的伤怀。他呆滞地望着眼前的女职员，心不在焉，似乎藏着满肚子的痛苦。这位女职员是个中年妇女，她数着钱，但数了很多次都数不对，在开收据时更是显得手忙脚乱。老人觉得，即使是眼前这个有点年龄的女职员，或许她是寡妇，也可能是被抛弃的妻子，她也有一颗受过伤的心和躁动的情绪。是啊，就算工作再简单，也需要有生活中的幸福来支持。

等女职员慌慌张张发完了电报，老人便回家去了。他坐在亡妻脚边的凳子上，抽起烟来，对着亡妻叨念着，将满肚子的愁绪一吐为快。一只孤单的小鸟在笼子里跳来跳去，看着笼子外轻轻哭泣着的老人。外头风雨变幻，时而飘着雪花，时而下着小雨，有时候落日走出乌云，放射出温暖的夕晖。平静下来的老人安静地望着窗外，等着六个儿子回来。

老大隔天就坐着飞机赶回来了，其他五个儿子在后来的两天也陆续归家。其中，老三带着一位六岁的小女儿一起回来。这位小女儿还从未见过他的爷爷。

儿子们全回来了，母亲为此苦等了三天。仿佛是为了给儿子们一个好的印象，她的遗体还没有散发任何臭味。曾经瘦弱多病的她，这时候却显得那么纯净。

在母亲健在的时候，她省吃俭用，就为了让儿子们可以尽量过上安逸舒适的生活。因为这样，她的身体变得虚弱，变得瘦小。可是，她一如往前，并且强撑起笑容和身躯。因为她不想让儿子们为自己担心，并且，她希望儿子们能因为有这样一个母亲而自豪。

在灵柩旁边，六个健壮的男人并排站立，加上一个身形佝偻的父亲，沉默严肃地望着母亲的尸体。孙女在爷爷怀抱里，看着眼前这个躺着不动的老太婆，白眼球似乎一直盯着自己看，吓得急忙遮住眼睛。

六个儿子双眼红肿，眼泪不停流着。在他们心底，深埋着对童年和已逝幸福的追悼。母亲对他们无私的爱就像山泉一样甜美，一样无止无尽。即使走到天涯海角，他们都能无时无刻感受到来自母亲的追寻和问候。因为这份母爱的温暖，他们得以更加坚强地面对生活，赋予生活崭新的意义，做出更好的成绩。可是现在，母亲已经成了一具冰冷的尸体，一动不动地躺着，再也无法将她的爱奉献出来。想到这里，他们在一瞬间觉得生活失去了乐趣，觉得无助，觉得特别地孤独和恐惧。

他们就像来到一座田野里，四周昏暗无光，只有一座破旧的屋子里亮着一盏黯淡的灯光。在这盏灯光的照射下，他们看到了飞舞着的金龟子，看到了绿油油的草地和一群飞来飞去的蚊虫。这些事物陪伴了他们整个童年。如今，屋子废弃了，可它的大门始终打开着，只为了随时重新迎接从这里离去的人们。可是，等了好久，没人回来。最后，灯光完全熄灭了，所有的一切将只能永远存留在记忆里。

一阵阵寒冷袭上儿子们心头，可是他们绷紧着脸，尽力忍住不哭，生怕触动父亲的情绪。只是父亲已经哭够了，此时在儿子们面前，竟没有想哭的冲动。相反，他看着一个个长得强壮高大的儿子，都有了自己的成绩，不免感到欣慰和快乐。老大胸间别着的那枚劳动功勋勋章，表明他是一家飞机制造厂的车间主任。老三则是一位出色的物理学家。小儿子还在学习农艺。还有一位是船长，一位是海员，一位是演员。

老太婆在临走前曾经嘱咐老人，要为自己找个神父来家里做祭祷。为了不让孩子们受到委屈，可以亲自给自己送葬，她还嘱咐老人，在出殡和下葬的时候可以不用请牧师。虽然老太婆不是上帝的忠实信徒，仍旧希望有一个隆重的追悼仪式来送别自己。同时，她希望通过仪式，可以让老人有更多的时间来哀悼自己。

老人为了找一位牧师，花去了许多时间，最后终于带回一位穿着普通便服的老头子。这位牧师脸色红润，眼睛灵活明亮却透着一股卑微神色。他的大腿部挂着一个军队指挥员皮包，里头装着神香、蜡烛、圣经、长巾和小型长链手提香炉等许多神职人员必备物件。牧师熟练地将所需物品在灵柩四周摆好，点起蜡烛，燃起了香炉里的神香，然后在灵柩四周来回走动，嘴里念念有词。

牧师不停歇地唸着诵经，时不时地瞄一下漠然肃立在老太婆旁边的六个儿子们。只见他们六个并排站着，有些望着死者的灵柩，有些闭起了眼睛。对于牧师来说，眼前这六个儿子是值得自己去交好的。可是儿子们的沉默，以及他们甚至连画个十字都没有，让牧师觉得尴尬。他觉得，他们对于祭祷仪式毫无热情，甚至可能带着不喜，这让牧师觉得局促不安。

他赶紧将祭祷仪式结束，吹灭了蜡烛，便匆匆忙忙收拾好自己带来的东西，从老父亲那里拿过了祭祷的佣金，像一位卑微弱小的人似的，二话不说、头也不回地匆匆离去。他又何尝不愿意留下来和这六个男人聊天，聊聊战争和革命。独自生活在旧的世界里，他也想走出来，和新世界的代表们并排坐着，感受他们不一样的激情和活力，这将让自己感到安慰。然而，他怎么也走不进新的世界。

因此，他给当地机场写了一封书信，表明自己愿意使用没有氧气面罩的降落伞，从高空降落。可是，这封书信迟迟没有回音。

父亲为六个儿子安排了一间房间，自己和小孙女睡在原来的大床上。这张床就在停放灵柩的屋子里，老太婆陪着他在这上面睡了四十年。等孩子们都上床后，老人轻轻关上了房门和灯光，静悄悄地来到大床旁边，看着旁边蒙在被子里睡觉的小孙女。

夜很安静。微弱的夜光透过云层，照在街道的雪堆上，照进窗子，照亮了整间漆黑的屋子。老人走到灵柩前，打开灵柩，夜色照着老太婆的身躯，神色安详。他温柔地吻了下妻子，凑到她耳朵轻轻地说："安静地睡吧。"随后他又静悄悄地爬上大床，躺在孙女旁边，在夜色抚照下平静地闭上眼睛。

在睡梦中，老人感到一束光从儿子们的房间里射出来，伴随着一阵阵欢乐的嬉笑打闹声。小姑娘被这阵笑声吵得睡不安稳，在被子里翻来翻去。她估计没睡着吧。只是在这深夜里，在老太婆灵柩旁边，她怎么敢把被子拿掉，睁开眼睛呢？

在另外一间房里，传来了老大浑厚的声音。他正在大谈着空心金属螺旋桨，这种信心十足的嗓音可以让人感受得到他那结实的体格。两位出海的兄弟则给大家讲述着各国各地的奇闻，每讲到有趣处，整个房间笑声一片。忽然有人插了一句："这些被子是我们小时候盖的呢！"大家一看，被子两头都缝着白色粗平纹布布条。最有趣的是，小时候为防被子盖错边，还特意在头尾缝上"头"、"脚"两个字样。大家看了哈哈大笑。他们像回到小时候，两个兄弟竟然在地板上滚成一团，小儿子则在旁边大喊："我一只手就可以对付你们两个！"

多么融洽的场面。多年不见，兄弟们的情感依旧深厚。大家在回味小时候生活的同时，也感叹着未来何时能再相会。不知道谁说了一句："或许下一次得等到父亲过世的时候了吧。"两个在地板上玩闹的兄弟忽然停了下来。整个房间都安静了下来。

过了一会儿，老大打破了沉默，让演员弟弟为大家唱一首好听的莫斯科曲子。演员非要拿个东西蒙上眼睛，才好意思在兄弟们面前献唱。兄弟们如他所愿，拿了一条布遮住他的脸。演员才羞答答地小声唱了起来。忽然，一阵声响，原来是淘气的小儿子将一个哥哥弄下床去，结果撞到了地板上的另一个哥哥。这个意外搞得大家欢乐地大笑起来。小儿子也笑着将哥哥拉了起来。笑声那么大，大屋里可以清楚地听见。小姑娘终于忍着害怕，将被子慢慢地拉开，伸出头来，着急地叫着老人："爷爷，爷爷。"

老人轻声地咳嗽几下，抚摸着孙女的额头，轻声说："我在这，没有睡呢。"老人摸了一下孙女的脸颊，湿湿的。小姑娘可怜地抽泣起来。老人问她怎么了。

"奶奶好可怜！大家都那么高兴，就少了她一个人。"

老人不再讲话，偶尔发出一两声声响。小姑娘很害怕，以为爷爷睡了，稍稍抬起头来看一看。在月光照射下，小姑娘看到两行泪水流过爷爷的脸庞。

"爷爷，你哭啦？怎么了？"

“没……没事……爷爷只是流汗了。”

小姑娘坐了起来，看着爷爷，天真的眼神里透露出对老人的关心。她说：“爷爷，你是不是想奶奶了？你已经那么老了，不要再哭了。”

老人轻轻应了一声，不再说什么。这时候，儿子们的房间也安静下来了。是老三说了什么，大家立即安静下来。一整个晚上，老三都没有加入他们的回忆和嬉戏。这个时候，也正是他让所有兄弟们都停止了玩闹。

一会儿后，老三打开了房间门。他悄悄地来到老太婆的灵柩前，望着眼前这个面无表情的面孔。夜深了，四周是那么安静。五个兄弟不再说话，老人和小姑娘屏住呼吸，一动不动地盯着老三。

忽然，一声巨响，是老三跌倒了，撞在了地板上。原来他要扶着棺材直立时，一下子没抓稳，头在地上重重地磕了一下。小姑娘被这一撞吓到了，立即从床上爬起来，惊讶地喊了一声。房间里的五个兄弟也马上跑出来，将老三抬回房间，将他唤醒，安慰他。

一点多，四周再次恢复寂静。六个儿子没有聚在一起，而是独自在屋子的某个地方散步，追忆着这所小时候住过的房子，追忆着以前的欢乐和幸福。他们觉得母亲就在身边，看着自己，听着自己的倾诉。然而，母亲已经去世了，再也无法和他们一起分享这屋子的记忆。想到这里，每个儿子都默默流下了眼泪。如果母亲知道自己的死会让孩子们如此痛苦，她一定会坚持着活下来。

天亮了，六个儿子一起扛着母亲的灵柩去埋葬。老人牵着孙女的手在后面走着。他看着眼前六个孔武有力的男子汉，欣慰和成就削弱了他对于老太婆的苦苦怀念。

微点评

父母离去，儿女都成泪人，像个小孩丢失了最心爱的宝贝。有人说，我们每长大一寸，父母就多一根银丝，少一天日子。珍惜和父母在一起的每一个晨曦黄昏，旭日夕阳，笑脸相对，星辉灿烂的夜晚，摘一颗谈天说地。

在光阴的角落里默默坚守

【俄国】伊萨克·巴别尔

在这里生活了六十年，老罗米在最后的时间里再看了一眼这个小镇，然后把自己吊在了门前的钩子上……夜里的街道刮起了大风，吹得老罗米的干瘪瘦弱的躯体摇摇摆摆。

当黎明时的曙光逐渐洒满小镇的街道，新的一天再次到来，不知是否会有人记起那个已然凋零的生命。

这是一个不大的小镇，总共没住多少居民，不过这就足够人们相互熟识，亲密热络了。八十六岁的老罗米已经在这个小镇上住了六十年，怎么说也该算是个老人儿了。可是事实是，不知道从什么时候起，老罗米渐渐被人们遗忘。或许你现在再向小镇居民打听这么一个人，他们甚至可能告诉你，亲爱的，我们这里可没有这么个人。

也是，看看现在的老罗米吧，一张穷酸的小脸上一双总是带着泪的眼睛，浓密蓬乱的头发，枯黄而藏满污垢的大胡子，不知道多久没有洗过澡的身体散发着让人作呕的气味，不得不让人怀疑他是不是已经从内部开始腐败了。有谁会愿意记得这样一个人呢，甚至连他的儿子和媳妇又不愿多搭理他，施舍给他家里一个暖和的角落，让他自生自灭去吧。

不过这对老罗米来说足够了，一个温暖的角落再加上果腹的食物，这就是他的一切了。要是能再来上一块肥美多汁的肉，那简直就是天堂了吧。吃饭的时候，老罗米总是第一个守在桌子前，眼巴巴地望着，然后伸出一双像干枯的老树根一样的手拼命往他那又老又破的身体里填塞食物，一直塞一直塞，直到被要求停止，食物被拿走，连一小块都不剩。看老罗米吃饭也是一件很让人反胃的事情。他总是一副畏畏缩缩的委屈样子，生怕别人把他给忘了。一把老骨头抖得跟筛糠似的，手上、脸上还有胡子上糊着厚厚一层油腻。

他的儿媳有时心血来潮就爱逗逗这个老家伙，她会假装忘记给他食物，然后笑着看他坐立不安，茫然无辜，但偏又要装作无所谓不在乎的傻样。可谁都能从老罗米那哀求的眼神，那紧抿着的嘴巴以及伸出的瘦弱的可怜的手臂看出来，他是多么想要吃啊。老头儿只能万般艰难地挤出一个可怜哀求的微笑，才可以得到一份属于自己的食物。

吃饭，睡觉，让自己时刻保持暖和，老罗米就这样无声无息地生活在自己的角落里，很久都不会有人来跟他说一句话，更不要说给他一个微笑。从很久之前开始，他对周遭的一切都失去了反应，迟钝到无法理解任何事情，只是用一双淡漠的眼睛看着，唯一担心的就是孙子会发现自己枕头下那块藏了好久的姜饼。

而这天晚上对老罗米来说很不同。晚饭后，他的儿子跟他说话了，在自己耳边大吼：“爸爸，我们被驱逐了！驱逐！你懂吗？我们要离开这里了！”虽然儿子扭曲颤抖的脸让他有些害怕，但他还是感到很开心。

他用昏黄的双眼看看儿子，看看四周，好像明白了一些什么，但又好像不明白，最后裹紧了油腻的大衣，脚步沉重地走回自己的角落，睡觉去了。

老罗米终于发现了家里的变化，就是从那天起，他的儿子不再去做生意，整天愁苦不堪，甚至哭泣，有时还会偷偷地看只知道吃的老家伙。孙子也不去上学了，儿媳也变得歇斯底里。

老罗米开始努力想要明白到底发生了什么，他感到一种不可名状的忧思。他知道他们要被赶走了，至于为什么，这对他不重要，他唯一知道的是，他不能走！

他老了，他的一生都将在这里度过，一个温温暖暖的角落对一个要死的老头子来说已经足够了，他为什么要离开呢？离开这里自己又能去哪里呢？他只想在最后的日子里暖暖和和的，外面那么冷，哪里也不去，也无处可去！

他蜷缩在自己的角落里，看着那张快要散架的大床和那座跟自己一样老旧的但是带给他无限温暖的炉子，用目光抚摸着它们。尽管在这里度过了贫穷而不幸的一生，他依然想要把自己埋在这里，唯一能够证明存在过的土地。

老罗米突然觉得自己充满了勇气，走到儿子面前，努力地想要表达自己。但是，他忘记自己已经很久没有同人讲过话了，颤抖着嘴唇，却说不出一个字！他感觉自己瞬间失去了所有的力气，并且为这样的自己感到无比羞愧，于是只能又蹒跚走回自己的小角落。儿子和儿媳在说着什么，他说话不利索，连耳朵也不好使了，能听懂一些断断续续的话，却听得胆战心惊。

儿子最近总能感觉到来自老罗米几欲疯狂的眼神，充满痛苦的疑问。那天他们太大声，妻子脱口而出的话竟像是忘了老罗米还没有死。然后，他们就听到了角落里传来的一声压抑的微弱的呜咽，

老罗米从角落里颤颤巍巍爬出来，爬到儿子的脚下，他穿着一团肮脏的破抹布一样的衣服，颤抖着抓住儿子的手，带着无限的恳求亲吻这只掌握着自己命运的手，他用哭得红肿的双眼一眨不眨地看着眼前的人，这么多年来第一次如此卑微地摇着头祈求着。但是他到最后也还是什么都没说，只是艰难地支起身子，用嶙峋的手擦了擦眼泪，再裹紧大衣，就又回到了角落。他感觉真冷，要赶快回去自己的角落，那里有暖和的炉子。

他明白了，儿子已经决心要抛弃自己的民族，投向别人的怀抱。他早已遗忘的信仰再次萌生，即使他一度被认作不信上帝，可是他知道，自己决不会完全背离自己的上帝。他反复追问自己：

“你该怎么办？你能怎么办？”他就像个无助的孩子，想哭，可是再流不出一滴眼泪，心里满满的苦涩，让人不堪忍受。老罗米突然意识到了，灾难早已无法避免，绝望漫无边际。

最后一次看了一眼他的角落，他想得很清楚了，绝对不可以被赶走，永远也不会被赶走！他会跟上帝说他们亏待了他，甚至不让他吃藏在枕头底下的早已变得僵硬无比的姜饼。不让就不让吧！上帝会接纳他！他如此坚信！

他悄悄地下了床，点亮一盏小煤油灯，颤抖着穿上自己肮脏破烂的衣服，冻得发抖。然后他拿着早已准备好的绳子和一个小凳子，扶着冰冷的墙壁，摇摇晃晃地，慢慢地走上街道，外面，真冷……他颤抖着把绳子拴好，凳子放好，踩上凳子，把脖子伸进绳子里，用尽最后的力气把凳子蹬开。

微点评

这个世界的每一个角落，每时每刻，都发生着或开心或悲伤或凄凉的故事，老罗米的故事只是光阴的角落里很卑微的一个。坚守没有对或错，只是对内心信仰做深刻的答复。

后　记

本书在翻译整理成书的过程中，得到了很多同行的大力支持和帮助，在此向他们表示诚挚的感谢：张亮、郭蕊、梁西宁、程游、杨雨、李思思、张然、崔雨薇、尤兴标、张丹、吕梦、曹汉振、李文杰、杨阳、袁森、张继霞、赵陕君、刘欢、李龙毅、宗雪、杨罡鉴、王宗磊、马艳红、刘卓群、于湘腕、李慧男、董思思、姚帅帅、马强、杨慧、李孟漪等。

我们真诚回报

亲爱的读者朋友，首先感谢您阅读我社图书，请您在阅读完本书后填写以下信息。我社将长期开展“读石油版书，获亲情馈赠”活动，凡是关注我社图书并认真填写读者信息反馈卡的朋友都有机会获得亲情馈赠，我们将定期从信息反馈卡中评选出有价值的意见和建议，并为填写这些信息的读者朋友免 费 赠送一本好书。

您的资料

您的姓名：__________性别：__________出生年月：__________电话：__________

文化程度：__________单位名称：____________________

通信地址：____________________邮编：__________

E-mail：__________ 特别提示新老读者：您的资料是我们与您取得联系、反馈信息最重要的途径、请务必填写工整。如果您的联络方式发生了变化，请再次填写此卡并及时邮寄或传真到我社。

您的意见《爱呀，一定要幸福：无论爱与不爱，只有这辈子》(1—1)

您填写本卡的时间是：　　年　　月　　日

是什么促使您决定购买本书的？如果是报纸或杂志的书评，请写明具体报刊名称：

○封面 ○书名 ○内容 ○版式 ○亲朋好友推荐 ○索引及目录

您在何处购买到本书（请写明具体书店的名称）：

○新华书店______ ○民营书店______ ○大型书城______ ○其他______

您希望通过什么渠道获得我社新书的消息：

○信函 ○传真 ○书店 ○网络 ○其他__________

您愿意成为我们的会员吗？○愿意 ○不愿意

您会推荐本书给您的亲朋好友吗？__________

您对本书的综合评价和建议：__________

____

您最喜欢的一本书是什么？__________

您最喜欢的作者是谁？__________

别忘了保持联系

联系地址：北京安定门外安华里二区一号楼　石油工业出版社　社会图书出版中心　艾嘉

邮编：100011　E-mail：freeflybb@126. com　网址：www. petropub. com. cn